KB058808

윤 *Yun*

[아트리엘]을 경영하는 생산직.
소생약의 제한 해제 소재 중 하나인
[선플라워 씨유]를 찾고 있다.

"으앗————,
이건……, 소환석?"

Only Sense
온리 센스 온라인 20
Online

# 온리 센스 온라인
## 20

**아로하자초** 지음 | **mmu** 일러스트 | **천선필** 옮김

커버 그림, 본문 일러스트 | mmu
캐릭터 원안 | **유키상**

Only Sense Online
## 사막 에어리어와 피라미드

Only Sense
온리 센스 온라인 20
Online

폐촌

공룡평원

도등화 나무

비룡산맥

호리어 동굴

크리스 동굴

제2마을

어두운 숲

묘지

호수

바다

외딴섬

## 윤 Yun

최고로 인기 없는 무기 [활]을 택해버린 초심자 플레이어.
수습 생산직으로서 부가 마법이나 아이템 생산의 가능성을
깨닫기 시작하고———

## 뮤우 Myu

윤의 리얼 여동생. 한 손 검과 광 마법을 다루는 성기사로
완전 전위형. 베타판에서는 전설이 되었을 정도의 치트급
플레이어.

## 마기 Magi

톱 생산직 중 한 명으로 플레이어들 중에서도 유명한 무기
장인. 윤의 든든한 선배로 충고를 해준다.

## 세이 Sei

윤의 리얼 누나. 베타판부터 플레이한 최강 클래스의 마법
사. 수속성을 주로 다루고 모든 등급의 마법을 구사한다.

## 타쿠 Taku

윤을 OSO로 끌어들인 장본인. 한 손 검을 다루고 경갑옷
을 장비하는 검사. 공략에 애쓰는 정통파 플레이어.

## 클로드 Cloude

재봉사. 톱 생산직 중 한 명으로 의
복류 장비품 가게의 주인. 윤이나
마기의 오리지널 장비 클로드 시리
즈를 만들었다.

## 리리 Lyly

톱 생산직 중 한 명으로 일류 목공
기술자. 지팡이나 활 등의 수제 장
비는 많은 플레이어에게 인기를 얻
고 있다.

# 서장    피서지와 요정의 이름 정하기

"더워~. 여름방학도 끝났으니까 기온도 좀 내려가면 좋겠는데."

"뭐, 요즘은 온난화라고 하고, 늦더위도 심하니까."

여름방학이 끝나자 학교생활이 다시 시작되었다.

하교하며 옆에서 걸어가던 미우는 손으로 얼굴을 부치며 늦더위에 대해 투덜대고 있었다.

"집에 가면 에어컨을 켜둔 방에서 OSO 해야지……."

"OSO로 도망친다고 늦더위가 사라지진 않지만 말이지."

"괜찮아! 시원해지는 저녁까지 마음만이라도 시원해지면 돼! 그리고 다음에 모험하러 갈 곳을 정하고 싶으니까 길드 홈에서 루카네랑 의논하고 올게!"

"그래, 그래. 나는 저녁 식사 준비 좀 하고 갈 테니까, 이따가 보자."

그리고 집에 가면 교복을 편한 옷으로 갈아입은 미우가 곧바로 에어컨을 켜둔 방에 틀어박혀서 OSO에 로그인해 있을 것이다.

"정말, 미우는……, 음, 저녁밥은 뭘로 할까."

나는 나와 미우의 도시락통을 설거지하면서 오늘 저녁밥에 대해 생각했다.

아마 냉장고에 채소와 다진 고기, 만두피가 있었을 테니

밥하고 군만두, 그리고 중화풍 수프면 될 것 같다.

미리 만두소를 피에 싸두면 나중에 굽기만 해도 된다.

그리고 많이 만들어둔 만두를 얼려두면 물만두나 튀김만두 같은 요리를 추가할 때도 써먹을 수 있다.

"결론은 나왔고, 해볼까."

채소를 잘게 썰고 소금을 뿌린 다음에 물기를 없애기 위해 짰다.

그리고 다진 고기에 간장, 소금, 후추, 요리용 술, 갈아둔 생강 등의 조미료와 물기를 짜낸 채소도 섞어서 만두소를 만든 다음, 그것을 만두피로 감싸기 시작했다.

"만두피가 좀 남을 것 같네……, 뭐, 치즈로 싸서 튀긴 다음에 도시락에 넣을까. 아니면 작게 잘라서 수프에 넣을까."

약간 남을 것 같은 식재료의 사용 방식을 생각하며 요리 준비를 마친 나는 만두피로 깔끔하게 싸둔 만두를 냉장고에 넣고 부엌을 정리하고 나서 방으로 돌아와 OSO에 로그인했다.

"영차……, 자, 저녁 식사 전까지 소재를 회수해볼까."

OSO에 로그인해서 [아트리엘] 공방부에 들어온 나는 소재의 회수에 대해 생각했다.

현재 [아트리엘]에는 점포에 딸린 약초밭이나 과수원, 유리 하우스 같은 것들 말고도 여름에 퀘스트 칩 이벤트에서 손에 넣은 [개인 필드]가 존재한다.

시원한 기후인 고원 에어리어를 선택한 내 개인 필드에는 마기 씨나 클로드, 리리 같은 생산직 동료들이나 세이 누나, 미카즈치, 그리고 길드 [팔백만] 멤버들 덕분에 다양한 것들을 만들어뒀다.

고원 에어리어 한가운데에는 별장인 통나무집을 세웠고, 북동쪽 에어리어에는 나무를 심어서 숲을 만들었다.

[개인 필드]에서 시원한 환경에 적합한 약초 등을 재배하기 시작했기에 소재 회수 범위가 단번에 넓어진 것이다.

"[아트리엘] 쪽은 쿄코 씨에게 맡겼지만, [개인 필드] 쪽은 합성 MOB에게 맡겨두었으니까."

[개인 필드]에서 소재를 채집하고 회수할 때는 인간형 합성 MOB인 우드 돌을 이용해서 모으게끔 하고 있다.

리리의 개인 필드인 식림장에서도 비슷한 방법을 채용하고 있기에 나도 참고해서 시범 운용 중인 거다.

"자, 어떤 느낌으로 모였으려나?"

나는 회수된 소재를 기대하며 [아트리엘]에 설치한 문을 통과했다.

『큐우?! 큐우큐우!』

"으앗! 자쿠로, 다녀왔어."

문 근처 꽃밭에서 요정 NPC와 놀고 있던 자쿠로가 내가 왔다는 걸 눈치채고는 곧바로 달려와 품속으로 뛰어들었다.

약간 늦게 초원을 달리고 있던 뤼이도 맞이해 주었다.

"뤼이는 초원을 뛰어다니고 있었구나. 어때, 기분 좋아?"

신이 나서 소리를 내는 뤼이가 내게 머리를 비벼댔다. 품 속으로 뛰어든 자쿠로와 함께 뤼이의 목을 살짝 끌어안고는 찰랑찰랑한 갈기를 쓰다듬었다.

"잠깐 소재를 회수하고 올 테니까 마음대로 놀고 있어."

『뀨우~.』

내가 그렇게 말하자 뤼이와 자쿠로가 불만스러워하며 따라가겠다는 분위기를 보였다. 쓴웃음이 새어 나왔다.

"그럼, 갈까."

나는 뤼이와 자쿠로를 한 번씩 쓰다듬은 다음, 함께 걸어가기 시작했다.

말은 그렇게 했지만 합성 MOB들이 회수한 소재 아이템을 운반해두는 아이템 박스까지 확인을 하러 가는 것뿐이다.

도착해 보니 꽤 많은 소재 아이템이 모여 있었다.

"오~, 제대로 모였네."

요정 NPC가 방문해서 그 자리에 떨어뜨리는 [요정의 비늘가루].

한랭 환경에서만 재배할 수 있는 문 드롭 꽃으로부터 채집할 수 있는 [문 드롭 꽃이슬]. 그리고 그 꽃의 꿀로부터 만들어진 벌꿀인 [월광밀].

달콤한 수액을 분비하는 [활기의 꿀나무]의 수액 등.

회수할 예정인 소재 아이템 중에는 벌꿀 같은 액체 계열 소재가 많았기에 사역 MOB에게 맡기는 것이 조금 불안하긴 했지만 제대로 모아둔 모양이었다.

"소재는 확실하게 모이긴 했네. 합성 MOB들의 움직임도 확인하러 가볼까."

개인 필드 안에 배치한 합성 MOB인 우드 돌들이 문제없이 일하고 있는지 확인하기 위해 뤼이, 자쿠로와 함께 걸었다.

우드 돌들은 고원 에어리어의 약초밭에서 약초를 채집하고, 설치한 양봉 상자에서 벌집을 꺼내고 있다.

꺼낸 벌집을 원심분리기에 돌려서 벌꿀과 밀랍으로 나눈 다음, 회수용 아이템 박스로 옮기고 있는 것 같았다.

"이쪽은 문제없나……, 아니, 으응?"

벌집에서 벌꿀을 분리하는 우드 돌에게서 조금 떨어진 곳에, 비늘가루를 슬쩍슬쩍 뿌리고 있는 존재가 눈에 띄었다.

"야호~! 벌꿀을 받으러 왔어~!"

두 손으로 자그마한 항아리를 떠안은 장난꾸러기 요정이 우리 앞에 모습을 드러냈다.

"장난꾸러기 요정이구나. 요정들 군것질 정도라면 문제없지만……."

"나도 알아! [요정의 비늘가루]를 대가로 가져가라는 거지! 내 부하들에게도 확실하게 말해두었으니까!"

『누가 부하냐~!』『건방진 녀석~!』『얼른 벌꿀을 먹게 해줘~!』『그리고 놀자~!』

그렇게 말하자 주위 곳곳에 숨어있던 다른 요정 NPC들도 나타나서 장난꾸러기 요정에게 따지기 시작했다.

"다들 시끄러워~! 언덕 꽃밭으로 벌꿀을 가져갈 테니까 기다리고 있으라고!"

『ㅠㅠ꺄하하하하———.ㅠㅠ』

장난꾸러기 요정이 화를 내자 요정들이 순식간에 뿔뿔이 흩어져서 숲속을 날아갔다.

그 모습이 귀여워서 무심코 미소를 드리웠다. 문득 장난 꾸러기 요정이 이쪽을 들여다보았다.

"응? 왜 그래? 얼른 동료들에게 벌꿀을 가져가야지?"

"아~, 음~. 그, 그렇지. 그렇긴 한데……."

말꼬리를 흐리는 듯한 모습에 고개를 갸웃거리고 있자니 장난꾸러기 요정이 갑자기 화내기 시작했다.

"아~, 정말! 요정향을 구해준 보답으로 지금까지 [요정향의 화왕밀]을 가져다주었는데! 그걸 스스로 만들 수 있게 되어버려서 다음부터는 뭘로 보답해야 할지 모르겠잖아!"

"어~, 겨우 그런 생각을 하고 있었어?"

"겨우 그런 생각이라니, 내게는 중요한 거라고~!"

내 정면으로 날아온 장난꾸러기 요정이 진지하게 따졌다.

"그냥 지금까지처럼 벌꿀을 가져다주기만 해도 되는데."

"그래선 내 자존심이 용납하지 못한다고!"

그렇게 말하며 내 주위를 날아다니기 시작한 장난꾸러기 요정. 쓴웃음이 나왔다.

그런 내 반응이 마음에 들지 않았는지, 장난꾸러기 요정이 불평했다.

"그리고, 나를 계속 장난꾸러기 요정이라고 부르는 것도 마음에 안 들어! 인간하고 사이좋게 지내게 된 다른 요정들은 이름을 붙여줬는데! 그러니까, 이름을 지어줘!"

"으음……."

갑작스러운 이름 이야기에 난색을 보이는 나. 발끈한 표정을 지은 장난꾸러기 요정이 곧바로 실력행사에 나섰다.

"으으으으으! 지어줘, 지어줘, 지어줘, 지어줘!"

"으앗?! 자, 잠깐만, 귓가에서 떠들어대지 마! 알았어! 이름을 생각해볼 테니까!"

"정말이야?!"

내 귓가에서 떼를 쓰는 장난꾸러기 요정의 갑작스러운 이름 요구는 어떤 이벤트인 건가? 당황스러운 와중에도 부족한 머리를 열심히 굴려서———.

"그럼———, 플랜, 이 이름은 어때?"

"플랜! 귀엽고, 왠지 멋져! 장난을 계획적으로 꾸미는 지적인 내게 딱 맞는 것 같아!"

좀 전까지 화를 내면서 떼를 쓰다가 온몸으로 기쁨을 표현하는 장난꾸러기 요정 플랜이 나와 뤼이, 자쿠로 주위를 날아다녔다.

사실 장난꾸러기 요정의 이름은 계획이라는 뜻의 플랜이 아니라 장난이라는 뜻의 프랭크를 약간 바꾸었을 뿐이지만, 말하지 않는 게 나을 것 같다.

그리고———.

"그럼, 이거 줄게! 필요하면 언제든 나를 불러. 안녕!"

벌꿀이 든 자그마한 항아리를 떠안은 장난꾸러기 요정이 공중에서 한 손으로 쥘 수 있을 정도의 크기의 녹색 돌을 만들어내서 내 눈앞에 떨어뜨렸다.

"으앗———, 이건……, 소환석?"

나는 장난꾸러기 요정 플랜의 소환석을 손에 넣어버렸다.

●

장난꾸러기 요정에게 플랜이라는 이름을 지어준 다음, 소환석을 손에 넣은 나는 뤼이, 자쿠로와 함께 개인 필드를 느긋하게 산책하고 있었다.

"……풍요정의 소환석이라."

장난꾸러기 요정인 플랜에게 소환석을 받았지만, 일반적인 《소환》 스킬을 쓸 수 없는 모양이었다.

레티아의 사역 MOB이자 풍요정인 야요이는 소환해서 직접 전투에 참가시킬 수 있는 타입이다.

하지만 같은 풍요정인 장난꾸러기 요정 플랜은 직접 전투에 참가할 수 없고 《간이 소환》을 이용하는 지원 계열 사역 MOB인 것 같았다.

그 밖에도 전투와는 상관이 없는 타이밍에 멋대로 나오기도 하는 등, 자유롭고 제멋대로 구는 장난꾸러기 요정다운 성질을 지니고 있는 모양이었다.

"《간이 소환》의 효과는———, 아군의 속도 상승, 적의 공격 명중률 저하, 은근히 강한 거 아닌가?"

풍요정의 순풍으로 인해 아군 전체의 속도가 올라가면서
도, 적에게는 맞바람을 일으켜서 우리를 향한 공격이 빗나
가기 쉬워진다는 설명 문구가 있었다.

적에게 맞바람을 일으켜서 공격이 빗나가게 만드는 상황
은 장난꾸러기 요정답긴 하다.

"언젠가 써보고 싶은데. 자, 우선 소재를 회수해서 돌아
가도록 할까."

아이템 박스에 모인 소재를 회수한 다음, 통나무집에 설치
한 문을 통해 [아트리엘]로 돌아와 보니 손님이 와 있었다.

"윤 군, 실례하고 있어."

내가 [아트리엘]로 돌아오자 에밀리 양이 카운터석에 앉
아 NPC인 쿄코 씨가 내준 차를 마시며 기다리고 있었다.

"에밀리 양, 어서 와. 마침 잘됐네. 시간이 오래 걸리긴 했
지만, 좀 전에 필요한 소재가 다 모였어."

나는 좀 전에 개인 필드에서 회수한 소재를 카운터 위에
늘어놓았다.

"이게 [소생약 개량형]과 복합 상태이상 회복약에 쓸 수
있는 소재구나."

문 드롭에서 채집할 수 있으며 소생약의 제한 해제 소재
인 [문 드롭 꽃이슬]과 그것을 기반으로 만든 [월광밀].

해독약 등의 각종 상태이상 회복 약초 꽃을 토대로 만든
[만홍 벌꿀].

사용하면 생산 아이템의 성능이 더욱 강해지는 상위 소재다.

"우선, [문 드롭 꽃이슬]은 50개, [월광밀]은 별로 없지만 10개. [만홍 벌꿀]을 20개 준비했어. 그리고 이게 [소생약 개량형]의 자세한 레시피고."

내가 카운터 위에 소재를 늘어놓고 그것을 활용하기 위한 레시피를 꺼내자 이번에는 에밀리 양도 카운터에 소재를 늘어놓았다.

"나는 [피의 보주] 15개. 그리고 내가 가지고 있는 합성 레시피야. 일단, [피의 보주]를 만드는 법이랑 윤 군에게 가르쳐주지 않았던 소재의 합성 레시피도 있어."

그렇게 에밀리 양과 소재 및 레시피 거래가 성립되었다.

"에밀리 양, 고마워. 원래는 좀 더 일찍 [소생약 개량형]의 레시피를 가르쳐주고 싶었는데, 소재가 모이질 않아서."

"신경 쓰지 마, 보답하기 위해서 소재를 다 써버린 거지?"

그렇게 말한 에밀리 양에게 쓴웃음을 지으며 고개를 끄덕였다.

[소생약 개량형]은 만드는 데 수고가 들고, 사용할 추가 소재의 재고가 별로 없어 금방 여러 개를 만들 수가 없었다.

그렇게 만든 몇 안 되는 [소생약 개량형]도 내 [개인 필드]의 통나무집 건설이나 삼림 구역에 나무를 심는 작업을 도와준 [팔백만] 멤버들에게 보답으로 주었지.

그 결과, [소생약 개량형]과 소재를 거의 전부 써버려서 다시 모을 때까지 시간이 좀 걸려버렸다.

그리고 오늘에야 겨우 [소생약 개량형]에 필요한 소재와 관련 레시피를 거래할 수 있었다.

"그런데, 윤 군. 굳이 나한테 [소생약 개량형]을 만드는 법을 가르쳐 줄 필요는 없지 않았을까?"

소재 거래는 내가 먼저 제안했지만, 에밀리 양은 너무 많이 받았다고 생각한 건지 납득하지 못한 것 같았다.

"에밀리 양은 [합성]이나 [연금] 센스로 소생약을 만들 수 있으니까 내 부담을 덜기 위해서 꼭 좀 [소생약 개량형]을 만들었으면 하거든."

[소생약]의 회복량 제한에 걸린 플레이어는 점점 [소생약 개량형]을 사려고 하겠지만, 그걸 만들어낼 수 있는 생산직의 숫자는 별로 없다.

한동안은 [소생약 개량형]을 사용하지 않더라도 클리어할 수 있는 신규 퀘스트나 콘텐츠를 즐기겠지만, 얼마 지나지 않아 최전선 에어리어를 공략하기 위한 준비를 하게 되겠지.

그때 필수급인 이 소비 아이템을 공급할 수 있게끔 에밀리 양과도 레시피나 필요한 소재, 그리고 그것을 재배하는 방법을 레시피 거래라는 형태로 공유한 것이다.

"일단, 다른 [조합] 계열 생산직들에게도 마기 씨네 [생산 길드]를 통해 [소생약 개량형]의 레시피를 공유해서 조금씩 만들어달라고 했거든."

"흐음, 이것저것 생각하고 있구나."

"뭐, 공개한 레시피에는 내가 만들 때 자잘하게 신경 쓰는 부분 같은 건 적혀 있지 않지만."

기본 레시피는 공개했지만, 회복량이 미묘하게 좌우되는 자잘한 부분에 대해서는 공개하지 않았다.

그렇기 때문에 각자의 방식대로 연구를 해줬으면 좋겠다고, 나는 쓴웃음을 지으며 말했다.

"그렇구나. 그리고 소재의 질도 다르지? 다른 사람들에게 [문 드롭]의 재배 방법을 가르쳐주었지만, [월광밀]의 존재나 만드는 법은 가르쳐주지 않았던 모양인데."

뭐, 조사해 보면 양봉 상자를 알아내게 되겠지만, 그렇게까지 수고를 들일 정도로 [월광밀]의 생성 가성비는 좋지 않을 것 같다.

내가 양봉 상자를 사용하는 건 어디까지나 취미의 범위다.

"그래도, 역시 내가 너무 많이 받았어. 그러니까 내가 소재 합성 레시피를 하나만 더 제공해줄게."

"소재 합성 레시피?"

고개를 갸웃거리는 내 앞에서 에밀리 양이 종이에 레시피를 적은 다음, 소재 실물과 함께 건네주었다.

"음, [요정의 비늘가루]랑 [모래 결정]을 합성해서———, [요정 유리]?"

그녀가 내민 결정———, [요정 유리]를 창문으로 스며드는 빛을 향해 들어 올리고 들여다보았다.

결정체 자체는 세피아색이지만, 창문으로 들어온 빛을 받아 나비 날개처럼 빛을 반사하며 신기한 색감을 드러냈다.

그 [요정 유리]의 빛 변화를 한없이 바라보고 싶어졌지만, 에밀리 양의 시선을 느끼고는 정신을 차렸다.

"저기, 이건 뭐야?"

"윤 군은 [장식사] 센스를 가지고 있지? 그 소재엔 [광속성 내성(소)] 추가 효과가 있는 것 같으니까, 이것저것 시험해 봐."

마침 [개인 필드]에 요정 NPC들이 선호하는 꽃밭을 만들어서 요정 NPC가 떨어뜨리는 [요정의 비늘가루]가 모이기 시작한 참이다.

[소생약 개량형]의 제한 해제 소재이기도 하지만, 여유가 좀 생기면 이 소재로 뭔가 만들어 보는 것도 괜찮을지 모르겠다.

"고마워, 에밀리 양. 다음에 이것저것 시험해 볼게. 아, 맞다."

"왜 그래? 무슨 일 있어?"

"물어보고 싶은 게 좀 있었거든. 에밀리 양네 수요정은 어때?"

내가 갑자기 말을 꺼내며 에밀리 양 곁에 있는 수요정에 대해 묻자 오히려 신기하다는 듯이 고개를 갸웃거렸다.

"어떠냐니, 평소 그대로인데."

내가 좀 전에 만났던 장난꾸러기 요정 플랜과 주고받은 이야기나 그 소환석에 대해 설명하자 에밀리 양은 납득하는 듯한 표정을 지었다.

"그렇구나. 1주년 업데이트로 요정 퀘스트가 상설화되었으니까 이미 요정과 관계를 맺고 있던 플레이어와 유대감이 더욱 깊어졌을 때 발생하는 새로운 이벤트일지도 모르겠어."

"그렇다면 좋겠네."

나는 약간 쑥스러운 듯이 손에 든 플랜의 소환석을 바라보았다.

그런 나를 흔흔하게 바라보던 에밀리 양이 문득 어떤 질문을 했다.

"그러고 보니까, 윤 군이 찾고 있던 [선플라워 씨유]는 찾았어?"

"아니. 안타깝게도 아직 발견하지 못했어."

[선플라워 씨유]란 에밀리 양에게 준 [문 드롭 꽃이슬]과 마찬가지로 소생약의 제한 해제 소재 중 하나다.

여름방학이 끝나갈 때쯤 뮤우나 세이 누나 일행과 함께 모험했을 때도 여기저기 찾아보았지만, 결국에는 발견하지 못하고 지금에 이르렀다.

"찾고 싶은 의욕은 있긴 한데, 정작 어디로 찾으러 가야 하는지 몰라서."

[번개돌 파편]처럼 1주년 업데이트로 기존 에어리어에 추가된 아이템이라면 탐색 범위가 너무 넓어서 어디에 있을지 짐작도 되지 않는다.

"타쿠 군 같은 사람하고 의논해보면 도와줄 텐데."

"어라? 흐름상 에밀리 양도 도와줄 거라 생각했는데."

"아쉽지만 나는 이번에 레티아네랑 이 나갈 예정이 있어서. 새로운 소재를 기대하도록 해."

에밀리 양은 그렇게 말한 다음 오늘 거래한 소재를 인벤토리에 넣고 [소재상] 공방으로 돌아갔다.

"……타쿠하고 의논하란 말이지. 뭐, 말만 해보는 건 딱히 상관없지."

에밀리 양을 보낸 다음, 나는 그녀의 조언에 따라 프렌드 통신으로 타쿠에게 연락하기로 했다.

"타쿠, 잠깐 시간 좀 낼 수 있어?"

『오, 윤이구나. 무슨 일이야?』

"실은———."

좀 전에 에밀리 양하고 의논했던 내용을 타쿠에게도 말하자 맞장구를 쳐주거나 때로는 질문도 하면서 내 이야기를 들어주었다.

질문의 내용에는 다른 제한 해제 소재인 [문 드롭]의 채집 장소나 재배 방법도 있었다.

"그래서, 어때?"

『음~. [선플라워 씨유]가 어디 있는지는 모르겠지만, 후보를 좁혀볼 순 있겠지.』

"정말로?! 좁혀본다면 어딘데?!"

내가 고민한 끝에 알아내지 못한 것을 쉽사리 짐작한 타쿠가 예상한 것들에 대해 하나씩 차례대로 설명해 주었다.

『윤이 말한 [소생약]의 제한 해제 소재 중 하나———, [문 드롭]은 북쪽 마을 주변의 설산 에어리어에 있잖아? 그거랑 대조적으로 [선플라워 씨유]는 태양의 이름을 따온 아이템 이니까 단순히 반대쪽 장소에 있을 거라 생각하면…….』

"남쪽……, 그렇다면 남쪽에 있는 에어리어는 습지 에어 리어, 황야 에어리어, 사막 에어리어. 그리고 바다 건너편 에 있는 외딴섬 에어리어겠구나."

『그리고 [문 드롭]이 한랭 환경에서만 자란다면 반대로 [선 플라워 씨유]는 열기 환경에서 손에 넣을 수 있을 가능성이 크겠지?』

게임 바깥의 시점으로 해석한 내용도 들어가 있긴 하지 만, 무작정 찾는 것보다는 [선플라워 씨유]가 있는 곳 후보 를 좁힐 수 있을 것 같다는 느낌이 들었다.

"그래도 사막 에어리어란 말이지……, 나 혼자서는 못 간 단 말이야."

사막 에어리어는 OSO에 존재하는 최전선 에어리어 중 하나이기에 풀 죽어 있자니 타쿠가 어떤 제안을 했다.

『그럼 우리가 도와줄까? 다음에 도전할 에어리어를 아직 정하지도 않았으니까, 잠깐 다른 사람들하고 의논해볼게!』

타쿠가 그렇게 말한 다음, 다른 파티 멤버인 간츠 일행과 의논하기 시작했다.

광역 채팅 상태라 간츠 일행의 목소리가 들렸고, 다들 의 욕을 보이는 것 같았다.

『간츠네도 꼭 함께 모험하러 가고 싶대!』

"고마워. 덕분에 살았어."

『그럼 암피스바에나를 해치우고 사막 에어리어에 도전하자고.』

타쿠네 파티에 낄 수 있게 된 건 기쁘지만, 낯선 단어가 들렸다.

"저기, 타쿠? 암피스바에나라면, 혹시 보스 MOB이야?"

"그래, 황야 에어리어랑 사막 에어리어 사이를 가로막고 있는 보스야. 그 녀석을 쓰러뜨리지 않으면 사막 에어리어에 들어갈 수가 없는데, 몰랐어?"

나는 타쿠와 이야기를 나누던 도중에 생각났다.

예전, 봄에 세이 누나, 미카즈치와 함께 황야 에어리어를 탐색하다가 에어리어의 경계를 가로막고 있던 뱀도마뱀 형태의 보스 MOB을 멀리서 본 기억이 있다.

그때 뱀도마뱀 형태의 보스 MOB 건너편에 노란 사막 에어리어가 펼쳐져 있던 게 인상에 남았었다.

"그렇구나. 그 녀석 이름이 암피스바에나구나. 그럼 미궁 거리로 전이한 다음에 거기서 황야 에어리어를 횡단해서 뱀도마뱀 형태의 보스에게 도전하게 되는 거야?"

『그렇지. 그리고 암피스바에나의 공략법은———'잠깐만!'———, 왜 그래? 윤?』

나는 이번에 도전할 보스에 대해 설명하려던 타쿠의 말을 반사적으로 가로막아버렸다.

그리고 프렌드 통신 너머로 의아한 듯이 물어본 타쿠에게 약간 머뭇거리면서 내 생각을 말했다.

"저기, 이번에 도전할 보스 MOB의 정보를 알고 있으면 편하게 싸울 수 있긴 하겠지만, 처음 정도는 아무것도 모른 채 도전하는 게 나으려나⋯⋯, 싶어서⋯⋯, 아하하하."

『윤⋯⋯.』

"미, 미안. 도와주는 건데 제멋대로 굴었던 것 같네."

내가 생각해도 제멋대로 구는 것 같지만, OSO를 좀 더 즐기고 싶다.

OSO를 즐기는 방법으로서 처음에는 공략법을 모르는 채로 도전하는 게 더 즐거울 것 같았기 때문이다.

하지만 그러다가 타쿠 일행이 즐길 수 없다면 주객전도라고 생각하며 타쿠가 말하기를 기다렸는데⋯⋯.

『그렇지. 윤도 처음이지. 무심코 스포일러를 할 뻔했네!』

"어⋯⋯, 화 안 났어?"

프렌드 통신 너머로 타쿠가 시원스러운 표정을 짓는 걸 쉽사리 떠올릴 수 있었다.

『화 안 내. 오히려 우리도 암피스바에나는 처음 싸우는 건데 보스의 정보를 너무 많이 모으다 보니 처음 싸우는 것 같은 느낌이 아니게 되어버렸거든.』

"그렇, 구나⋯⋯."

『그리고 이 기억을 없애고 새삼 처음 싸우는 기분으로 도전하고 싶다! 그런 생각이 들 때도 있고.』

아무리 그래도 기억을 없애고 도전하고 싶다는 생각까진 하지 않지만, 공감해주는 건 기쁘다.

『그럼, 다음에는 윤도 우리 파티와 함께 사막 에어리어에 도전하는 걸로 결정이네!』

"고마워, 타쿠. 그때는 잘 부탁할게."

『그래, 내게 맡겨둬.』

타쿠 일행에게 협력을 받아 사막 에어리어에 도전하게 되었다.

그러기 전에 사막 에어리어를 가로막고 있는 뱀도마뱀형 보스———, 암피스바에나에게 도전해야만 한다.

그날은 내가 일부러 선택한 사전 정보 없이 벌이는 보스전에 기대와 불안을 느끼며 로그아웃했다.

# 1장 사막 에어리어와 황야의 뱀도마뱀

새로운 에어리어를 공략할 시간을 내기 위해 휴일에 도전하기로 했다.

아침 10시에 로그인한 내가 준비를 완벽하게 갖추고 [아트리엘]에서 기다리고 있자니 타쿠 일행이 왔다.

"다들, 어서 와. 오늘은 잘 부탁할게."

"우리도 활동 범위를 넓히자고 의논하고 있었던 참이라 윤이 그런 제안을 해준 게 안성맞춤이었거든."

타쿠를 비롯해서 간츠 일행들이 차례차례 인사하자 나도 한 명 한 명에게 인사를 건넸다.

"그럼 오늘 필요할 거라고 생각해서 준비해 두었던 이걸 써줘!"

나는 그렇게 말한 다음 타쿠 일행에게 메가 포션, MP 포트, [소생약 개량형], 각자에게 적합한 강화 환약, 인챈트 스톤, 그리고 상태이상 회복약인 [범용 치료약]과 [정신 치료약]을 건넸다.

특히 상태이상 회복약 두 종류에는 해독 계열 약초의 꽃가루로 만든 [만홍 벌꿀]을 사용했고, 각각 신체 계열과 정신 계열 상태이상에 대처할 수 있다.

"오오, 윤이 주는 거야? 앗싸! 여자애에게 선물 받았다!"

오늘 쓰려고 준비한 아이템을 모두에게 건네자 간츠가 기뻐해준 건 기쁘지만, 나는 남자라고 말하고 싶다.

그리고 타쿠와 미니츠, 마미 씨는 곤란하다는 듯이 웃었고, 케이만은 왠지 데자뷔가 느껴지는 듯 미간을 찌푸린 표정으로 한숨을 쉬었다.

"윤도 참, 또 귀중한 물건을 쉽사리 나눠주네⋯⋯. 지금은 어떤 플레이어든 [소생약 개량형]을 얻으려고 고생하고 있는데⋯⋯. 그리고 이 상태이상 회복약 두 종류는 뭔데⋯⋯."

"자, 자, 케이. 윤 씨니까⋯⋯."

마미 씨가 중얼거리고 있던 케이를 달래며 나를 감싸주려 했지만, 전혀 감싸주지 못하고 있었다.

"그건 그렇고 꽤 큰맘 먹고 준비했구나. [소생약 개량형]만 놓고 봐도 지금은 하나당 100만G 정도 하는 거 아니야?"

"그러게. 소비 아이템이라 해도 그렇게 비싼 아이템을 받는 건 좀 껄끄러운데. 그리고 윤이 만든 아이템은 품질이 좋으니까 더더욱 그렇고."

타쿠는 내가 오늘 쓰려고 나누어준 [소생약 개량형]의 가격을 말했고, 미니츠도 다른 아이템을 바라보며 맞장구를 쳤다.

"아니, 아니, [소생약 개량형] 시세는 100만 정도로 오르긴 했지만, 적정 가격은 더 싸니까! 앗, 미안⋯⋯, 혹시 너무 부담되나?"

상위 소비 아이템 중에는 [아트리엘]에서 소재를 재배할 수 있기에 저렴하게 만들 수 있는 물건도 있어서 비싼 아이템이라는 인식이 희미했다.

그리고 일방적으로 동정을 베푸는 느낌이 들어서 기분이 상했을지도 모르겠다는 생각이 들었기에 불안해졌다.

"그런 게 아니야. 그냥, 우리에게 윤은 호위를 위해 소비 아이템을 부담해주는 생산직 플레이어가 아니라 파티의 일원이니까."

"케이는 윤 씨에게만 부담을 지게 한 것 같아서 순순히 받지 못했던 거예요."

타쿠와 마미 씨가 말했다. 나도 타쿠네 파티의 일원이라는 생각이 들어 기쁘기도 하면서 쑥스럽기도 했다.

"그러니까! 윤 씨가 준비해준 아이템 세트를 사들이자! 일단, 윤의 희망 가격은 얼마 정도야?"

"음———, 다 합쳐서 300만G 정도?"

[아트리엘]에서 파는 가격으로 전부 합치면 그 정도 가격이 되려나.

요즘 시세로 따지면 꽤 저렴하긴 하지만, 언젠가는 그 정도 가격으로 보급될 수 있게끔 만들고 싶다.

"그럼, 윤은 순순히 받도록 해!"

"으엑?! 그, 그건———."

조금 억지스럽긴 하지만 미니츠가 모두에게 나누어준 소비 아이템 값을 내게 떠넘겼고, 그 뒤를 이어 타쿠와 케이, 마미 씨도 돈을 지불했다.

톱 플레이어인 타쿠 일행은 소비 아이템 세트에 300만G

를 쉽사리 낼 만큼 대단하구나, 해서 쓴웃음이 나왔다.

그런 와중에━━━.

"어엇……, 공짜로 주는 거 아니었어?! 나, 돈이 없는데!"

"간츠, 넌 왜 돈이 부족한 건데?! 다 같이 똑같은 퀘스트를 받았잖아?!"

어딘가에 돈을 써버린 뒤였는지, 간츠 혼자만 돈이 부족하다면서 당황하다가 미니츠에게 혼나고 있었다.

결국, 내가 나누어준 소비 아이템 세트는 [조합] 센스의 레벨을 올리기 위해 연습으로 만들었다는 이유와 파티 할인이라는 이유를 내세워서 300만G에서 100만G까지 가격을 낮췄다.

100만G라면 낼 수 있는 간츠가 내게 돈을 냈고, 타쿠와 다른 일행들에게 받았던 돈 중 차액을 돌려주게 되었기에 묘하게 껄끄러운 결과가 되었다.

그런 다음, 모두 함께 [아트리엘]의 미니 포탈을 통해 [미궁 거리]로 전이한 다음, 황야 에어리어를 향해 걸어가면서 이야기를 나누었다.

"뭐, 윤에게 소비 아이템을 잔뜩 사서 준비도 완벽하니까 암피스바에나에게 도전해볼까! 실패하면 다시 도전하면 되니까!"

"나쿠?! 그래도 한 번에 끝내자고! 난 이제 포션을 살 돈이 없단 말이야!"

타쿠의 말에 빈털터리인 간츠가 초조해했다.

허둥대는 간츠를 보고 미니츠와 케이가 어이없어했고, 나와 마미 씨는 무심코 쓴웃음을 지어버렸다.

그래도 그런 이야기가 즐거워서, 전투를 앞둔 긴장감을 적당히 풀어주었다.

우리는 그렇게 [미궁 거리]에서 황야 에어리어로 나아갔다.

황야 에어리어는 꽤 넓고 선공 적 MOB이 덤벼드는 곳.

골치 아픈 대형 MOB은 피하고 다른 MOB은 파티 모두가 적절하게 대처하면서, 황야 에어리어와 사막 에어리어의 경계까지 왔다.

"새삼 보니 크네⋯⋯."

[하늘의 눈]으로 바라본 곳에는 뱀도마뱀 형태의 보스 MOB, 암피스바에나가 보였다.

도마뱀인 상반신에는 톱 같은 이빨이 돋아난 입과 묵직한 앞다리가 달려 있었고, 뱀인 하반신은 똬리를 틀고 있었다.

"다들, 장비랑 센스 준비는 됐어?"

중요한 보스전을 앞두고 타쿠가 확인했기에 나는 센스 스테이터스를 열었다.

---

소지 SP 54

[장궁 Lv45] [마궁 Lv40] [하늘의 눈 Lv44] [간파 Lv50]

[강력 Lv16] [준족 Lv41] [마도 Lv46] [대지속성 재능 Lv32]

[부가술사 Lv22] [조교사 Lv13] [급소의 소양 Lv18]

[선제의 소양 Lv20]

대기
[활 Lv55] [염동 Lv20] [조약사 Lv40] [장식사 Lv13]
[연성 Lv20] [요리인 Lv27] [수영 Lv25] [언어학 Lv28]
[등산 Lv21] [생산직의 소양 Lv40] [신체내성 Lv5]
[정신내성 Lv15] [잠복 Lv12] [낚시 Lv10] [재배 Lv20]
[열기 내성 Lv1] [한기 내성 Lv1]

---

이번에는 전위를 맡아 지켜줄 타쿠와 케이 같은 사람들이
있기에 나는 후위에 특화된 센스 구성으로 변경했다.

그리고 인벤토리에서 꺼낸 것은 평소에 쓰던 [검은 소녀
의 장궁]이 아니라 마개조 무기인 [볼프 사령관의 장궁].

한 발의 위력과 명중 정확도는 [검은 소녀의 장궁]이 더
높지만, 마개조가 된 [볼프 사령관의 장궁]은 스킬이나 아
츠의 증가 및 [이중 전기] 등의 추가 효과가 있어서 체인 보
너스까지 포함한 순간 화력이 뛰어나다.

그리고 보스 MOB의 덩치가 크면 대충 노려도 공격을 맞
추기 편하고 대미지를 입히기 쉽다.

"자, 한 번에 격파할 수 있게끔 해볼까! 타이밍은 윤에게
맡길게!"

"알겠어! 《인챈트》──, 어택, 인텔리전스, 스피드! 《엘

리먼트 인챈트》———, 웨폰!"

　나는 나 자신에게 공격 중시 삼중 인챈트와 풍속성 속성
석을 부숴서 무기에 속성 인챈트를 건 다음, ATK를 강화해
주는 강화 환약을 삼켰다.

　그리고 운성강 화살을 [볼프 사령관의 장궁]에 매기고는
활시위를 당겼다.

　"가라아아앗! ———《마궁기 · 환영의 화살》!"

　활에서 날아간 운성강 화살은 붉은 꼬리를 끌며 상공으로
올라가기 시작했다.

　그리고 붉은 꼬리로부터 분열된 마법 화살 다섯 발이 [스
킬 확산(수)]의 추가 효과로 인해 세 배로 늘어났다.

　그리고 한 박자 늦게 발동된 [이중 전기]의 추가효과로 같
은 아츠가 한 발 더 날아갔고, 마찬가지로 마법의 화살이 분
열했다.

　"한 번 더! ———《마궁기 · 환영의 화살》!"

　[반동 경감(소)]와 [대기 시간 단축] 추가 효과를 통해 단
시간에 같은 아츠를 연사한 나는 다시 탄막을 만들어냈다.

　모두 합쳐 운성강 화살 4발과 마법의 화살 60발의 탄막
폭풍이 암피스바에나를 덮쳤다.

　"아직 멀었어———, [익스플로전]!"

　나는 날린 운성강 화살에 《스킬 인챈트》한 《익스플로전》
마법을 발동시켜서 다중 폭발을 일으켰다.

　거센 탄막 공격과 마법을 이용한 다중 폭파로 인해 황야

에 모래먼지가 피어올랐고, 암피스바에나의 모습을 가려버
렸다.

"오~, 이게 소문으로만 들었던 윤의 공격인가. 화려해졌
네."

"느긋하게 그런 말을 하고 있을 때냐? 온다!"

화려한 아츠의 탄막과 피어오르는 모래먼지를 신이 나서
바라보고 있던 타쿠에게 주의를 준 케이가 대형 방패를 내
세우며 달려가기 시작했다.

『키샤아아아아아아아아아아악———!』

"모두, 뒤에 숨어! ———《헤이트 액션》,《포트리스》!"

공격당한 암피스바에나는 피어오르는 모래먼지를 헤집
듯 앞다리를 휘둘렀고, 뱀인 하반신을 꿈틀대며 맹렬한 기
세로 접근했다.

그리고 도마뱀인 상반신을 들어 올리고는 내려치는 기세
로 앞다리를 케이에게 휘둘렀다.

케이가 그 공격을 대형 방패로 막자 그 충격으로 인해 주
위에 모래먼지가 피어올랐다.

"좋았어, 전투 개시다! 나와 간츠가 요격에 나서겠어! 윤
은 어그로 수치가 떨어질 때까지 공격하지 말고 서포트 중
시! 미니츠는 회복! 마미 씨는 마법으로 공격!"

"알겠어!《존 인챈트》 ———, 어택, 디펜스, 스피드!"

타쿠의 지시와 동시에 나는 타쿠 일행에게 인챈트를 걸었
고, 뱀도마뱀 형태 보스 몹, 암피스바에나와의 전투가 본격

적으로 시작되었다.

하지만 시작과 함께 마개조 무기로 탄막 공격을 날린 탓에 한 가지 문제가 생겼다.

"으윽, 왠지 공격을 하지 못하니 도움이 안 되는 것 같아서 초조해지네."

"HP를 혼자서 1할 넘게 깎아냈으니까 윤은 이미 충분히 활약했어."

"맞아요. 그리고 저희도 활약하게 해주셨으면 하는데요!"

마법의 화살을 이용한 탄막 공격 때문에 나는 어그로를 단숨에 끌어버렸다.

탱커인 케이가 나 대신 암피스바에나의 표적이 되어주었지만, 지금 내가 공격에 나선다면 높은 어그로 수치 때문에 다시 내가 표적이 될 가능성이 있다.

높아진 어그로 수치가 시간 경과로 인해 감소될 때까지 나는 보조 행동만을 하라고 명령받은 것이다.

아무것도 하지 않아 답답한 감정을 느끼면서도, 미니츠, 마미 씨와 함께 후위에서 각자의 역할을 맡으며 때가 되기를 기다렸다.

"하아아앗———, 《파워 버스터》!"

"———《귀신 사냥 차기》, 《열공권》, 《자전 떨구기》, 《붕괴장》!"

타쿠가 장검 두 자루로 암피스바에나의 몸통을 베었고, 간츠가 연달아 격투 아츠를 퍼붓기 시작했다.

그리고 정면에서 암피스바에나를 막아내고 있던 케이
는———.

"흐읍———,《와이드 가드》,《실드 배시》!"

정면에서 물어뜯으려 하던 암피스바에나의 머리에 방어
범위가 확대된 케이의 반투명한 방패가 내리꽂혔다.

방패에 타격당한 도마뱀 상체가 비틀거리고 땅바닥에 한
쪽 앞다리를 짚은 순간, 나와 마미 씨가 마법을 사용했다.

""———《머드 풀》!""

두 마법사가 만들어낸 진흙탕에 암피스바에나의 한쪽 앞
다리가 빨려들어 갔고, 상체의 자세가 무너졌다.

"지금이야! ———《컨센서스 레이》!"

"갑니다! ———《다운 버스트》!"

자세가 무너진 암피스바에나에게 지금이 기회라는 듯이
미니츠와 마미 씨가 마법으로 공격을 가했다.

내 [간파] 센스가 그 마법의 여파로 인해 피어오른 모래먼
지에 숨어서 무언가가 다가오고 있다는 걸 눈치챘다.

"조심해! 무언가가 와!"

"셋 다, 내 뒤로 물러나. ———《포트리스》!"

『샤라라라라라라라라라락———!』

"으엇?! 이게 뭐야!"

모래먼지에 숨어서 지면을 타고 기어와 있던 거대한 뱀의
머리가 케이의 방패에 막혔다.

물어뜯기 공격을 실패한 몸통을 따라가 보니 암피스바에

나의 몸통과 이어져 있었다. 꼬리 끄트머리에 있는 뱀 머리가 이빨을 드러내며 위협하고 있던 것이다.

"암피스바에나는 상반신과 하반신에 각각 머리가 있고, 어느 정도 독립된 움직임을 보이는 모양이야!"

타쿠의 해설을 들으며 역시 암피스바에나의 공략법을 들어둘 걸 그랬다는 생각이 들었다.

"다음 공격이 온다! 조심해!"

"으윽, 《인챈트》———, 디펜스, 마인드!"

케이에게 방어 인챈트를 건 직후, 암피스바에나가 황야의 지면을 스치듯이 뱀의 머리 쪽을 휘두르며 케이의 방패에 박치기를 했다.

그리고 곧바로 진흙탕에서 빠져나와 자세를 바로잡은 도마뱀 상반신이 앞다리를 내리쳤다.

"끄윽……."

연달아 공격당해 막아내지 못한 충격이 대미지가 되어 케이를 덮쳤다.

"지금 회복시켜줄게! ———《메가 힐》!"

미니츠의 회복 마법으로 대미지를 회복한 케이가 다시 방패를 들어 올렸다.

일반적인 대형 MOB의 두 배 이상, 초특급 MOB 미만 정도인 암피스바에나는 전위인 타쿠와 간츠, 케이를 다양한 각도로 덮쳤다.

도마뱀 상반신은 앞다리를 내려치는 공격과 날카로운 톱

모양 이빨로 물어뜯는 공격. 일격의 대미지가 큰 공격을 가했다.

그 공격을 타쿠와 간츠가 피하고, 케이가 후위인 우리를 지키면서 대형 방패로 막아주고 있다.

하지만 암피스바에나는 케이 혼자서는 전부 막아낼 수 없는 공격을 날렸다.

"브레스 예비 동작이다! 내게 맞춰! ——《와이드 가드》!"

"——《윈드 실드》!"

"——《스톤 월》!"

케이의 지시에 따라 나와 마미 씨가 방어 마법을 겹치며 암피스바에나가 토해낸 광범위 브레스를 막았다.

치열한 공격이라 완전히 막아낼 수는 없었지만, 다중 방벽 덕분에 케이 씨의 대미지는 줄일 수 있었다.

"——《라운드 힐》! 자, 강한 공격을 날린 뒤라 빈틈이 생겼을 거야!"

그 대미지조차 미니츠가 곧바로 범위 회복 마법으로 회복시켜 완벽한 상태로 되돌려 주었다.

"간츠, 가자!"

"그래, 팍팍 가자고!"

그리고 적이 공격을 가한 빈틈을 노려서 과감하게 접근한 타쿠와 간츠가 대미지를 입히기 시작했다.

시작 때 날린 탄막 공격을 통해 HP를 단숨에 1할 이상 깎아낸 다음, 이 파티의 안정적인 싸움 방식을 다 함께 만들어내며 전투 초반이 지나갔다.

●

암피스바에나와의 전투가 중반에 접어들 무렵, 몇 번째인지 모를 브레스 공격이 날아들었다.

"좋았어! 다시 간다!"

"간츠! 슬슬 타이밍이 바뀔 테니 조심해!"

타쿠가 주의를 주었지만, 간츠는 아랑곳하지 않고 저번 브레스와 동일한 타이밍에 뛰어들었다.

사막 에어리어로 침입하는 자들을 가로막는 암피스바에나가 단순한 행동 패턴만으로 쓰러뜨릴 수 있을 정도로 쉬운 보스일까?

어려운 보스 중에는 그냥 스테이터스만 높은 게 아니라 플레이어가 자신의 행동 패턴에 익숙해지게끔 만들고 나서 타이밍을 약간 어긋나게 하며 함정에 빠뜨리는 상대도 있다.

그 결과———.

"좋았어! 잡았다!"

『캬아아아아아아아아악———!』

브레스 모션을 취하는 것처럼 보이다가 앞다리로 내리쳐서 다가와 있던 간츠를 밀쳐낸 다음, 브레스 범위 안에 떨어뜨렸다.

그리고 이번에는 진짜로 불꽃 브레스를 뿜어냈다.

"앗 뜨거어어어어어!"

"정말, 간츠는……, 그대로 한 번 쓰러져!"

"그럴 수가, 너무해애애애애애애……."

광범위 불꽃 브레스에는 열기 대미지가 포함되어 있는지, 방어하지 않을 경우에는 지속적으로 대미지를 입게 된다.

그런 불꽃 브레스를 제대로 맞은 간츠는 불꽃에 휩싸인 채 비명을 지르다가 황야의 지면에 쓰러졌다.

"그럼, 간다. ──《리바이브》,《메가 힐》!"

"간츠, 인챈트를 다시 걸게!《인챈트》──, 어택, 디펜스, 스피드!"

방어하지 않으면 즉사급인 불꽃 브레스. 미니츠가 소생과 회복을 시켜주고, 한번 사라진 인챈트를 내가 다시 걸었다.

"나, 부활! 간다! 아니, 어라? 힘이 안 들어가……."

"간츠! [마비]가 걸렸어! 아, 피해!"

암피스바에나의 하반신인 뱀의 눈이 수상쩍게 빛난 직후 간츠는 [마비]에 걸렸다.

뱀의 눈빛에는 마비를 일으키는 [뱀의 눈] 같은 스킬 효과가 있는지, DEF 인챈트로 저항하던 [마비] 눈빛을 인챈트가 풀렸던 소생 직후에 맞아버린 모양이었다.

그렇게 움직일 수 없게 된 간츠를 향해 암피스바에나의 하반신인 뱀이 물어뜯으려 달려들었다.

"젠, 장! ──《붕괴장》!"

"간츠, 지금 구해줄게! ──《소닉 엣지》!"

몸통을 물린 간츠는 뱀에게 [독] 공격을 당하면서도 지근 거리에서 타격 계열 아츠를 날렸다.

타쿠도 간츠를 구해주기 위해 끝까지 늘어난 뱀의 목으로 참격을 날렸고, 그제야 뱀이 간츠를 놓아주었다.

"간츠, 괜찮아?"

"으윽, 으으윽……, 푸핫! 괜찮아, 이번에는 진짜로 부활했어!"

간츠는 소비 아이템 세트 안에 있던 신체 계열 상태이상을 회복시켜주는 [범용 치료약]을 단숨에 마시고는 숨을 내쉬었다.

그리고 다시 암피스바에나에게 덤벼들었지만, 도마뱀 상반신과 하반신 뱀이 각각 따로 움직이며 플레이어들을 덮쳤다.

도마뱀 상반신은 정면에서 앞다리로 내려치는 공격이나 박치기, 물어뜯기, 불꽃 브레스 공격을 가했다.

하반신 뱀은 몸통 박치기와 휩쓸기, 그리고 머리의 독니로 물어뜯는 공격과 [뱀의 눈]을 이용한 [마비]로 행동을 방해했다.

"하반신 뱀의 공격력은 강하지 않지만, 독립적으로 움직이면서 상태이상 두 종류를 거니까 골치 아프군. 그리고 보스의 HP가 줄어들어서 공격에 페인트 동작이 들어가니까 방어할 타이밍도 잡기 힘들고."

"정보로 알고 있긴 했지만, 막상 실감하니 어렵네! 상반신 도마뱀이랑 하반신 뱀의 공격 주기가 겹치면 진형이 단숨에 무너질 테니까 케이는 너무 무리하지 마!"

"알겠다!"

보스를 분석하던 케이에게 타쿠가 지시를 내리자 케이가 다시 힘을 내려는 듯이 방패를 들어 올렸다.

그리고 케이가 도마뱀 상반신의 공격을 주로 방패로 막아내며 가끔 카운터로 검을 휘둘러 꾸준히 대미지를 입히는 와중에———.

『샤라라라락———.』

"앗?! 이런!"

황야에서 전투를 벌이며 피어올랐던 모래먼지에 숨어서 갑자기 다가온 하반신 뱀이 케이의 몸을 휘감았다.

"크윽, 이런 구속 따위……, 윽, 우오오오오오옷?!"

휘감긴 케이가 떼어내려고 힘을 줬다. 하지만 근처에 있던 나와 미니츠, 마미 씨 같은 사람들이 구해주려고 움직이기도 전에 하반신 뱀이 휘감았던 케이를 휘두르며 날뛰다가 멀리 던져버렸다.

전신 갑옷을 걸친 채 포물선을 그리며 멀리 던져진 케이. 깜짝 놀랐다.

"케이……, 괜찮을까??"

"이거, 좀 위험하지 않아?"

마미 씨는 던져진 케이를 걱정했지만, 제일 먼저 상황을 파악한 미니츠의 목소리를 듣고 나도 곧바로 깨달았다.

탱커의 핵심인 케이가 멀리 날아가서, 파티의 안정적인 진형이 무너진 것이다.

 그리고 따로 움직인 도마뱀 상반신이 우리, 후위를 추격하기 시작했다.

 "후위! 온 힘을 다해서 방어 태세를 갖춰!"

 "윽?! ———[스톤 월]!"

 나는 EX 스킬, [마력 부여]로 만들어낸 마보석에 《스톤 월》을 인챈트한 매직 젬을 다섯 개 배치했다.

 우리를 지키듯이 정면에 돌벽 다섯 장이 지면으로부터 솟구쳤다.

 "아, 정말, 해주겠어! ———《생추어리》!"

 "케이가 돌아올 때까지는 막을 거예요! ———《윈드 실드》!"

 미니츠와 마미 씨도 최대한 방어 마법을 사용해서 함께 방어력을 높였다.

 "미니츠, 윤 씨! 이 정도로는 버틸 수가 없어요!"

 케이와 오랫동안 파티를 짠 마미 씨이기에 케이의 탱커 실력을 알고 있었고, 자신들이 펼친 방어 마법만으로는 전부 막아낼 수 없다는 걸 느낀 모양이다.

 "젠장, 비장의 수인 마보석 매직 젬도 이제 없고……, 그렇지! ———《간이 소환》!"

 [조교] 센스의 《간이 소환》 스킬을 사용하자마자 돌벽 틈새로 브레스의 새빨간 불꽃이 밀어닥치는 게 보였다.

 하지만 그 직전에 나온 반투명한 장난꾸러기 요정 플랜이 녹색 바람을 불게 했고, 그 바람이 우리 몸 주위에 소용돌이치며 불꽃 브레스를 유도했다.

브레스의 불꽃 중 5분의 1 정도가 하늘 위나 황야의 엉뚱한 방향으로 흘러가 우리 방어 마법의 방벽에 축적되는 대미지를 줄여주었다.

"불꽃 브레스가 엄청 무서운데! 케이는 용케 이런 공격을 정면으로 막아내는구나. 그리고 플랜의 힘이 대단해!"

나는 이판사판 같은 심정으로 사용한 장난꾸러기 요정 플랜의 《간이 소환》 덕분에 안도하며, 방어 마법 뒤에서 바라본 불꽃 브레스의 박력에 몸을 떨었다.

"윤이 있어서 다행이야. 나와 마미의 방어 마법만으로는 완전히 막아낼 수 있을지 걱정됐으니까."

"그러게요. 그런데 케이는 괜찮으려나?"

마미 씨는 하반신 뱀에게 멀리 내던져진 케이를 걱정스러운 듯이 바라보았지만, 불꽃 브레스에 시야가 가로막혀서 제대로 알아볼 수가 없었다.

이내 불꽃 브레스가 사라졌고, 《간이 소환》으로 반투명하게 나타난 장난꾸러기 요정 플랜이 빛의 입자가 되어 돌아갔다.

무너진 방어 마법 건너편에 있던 타쿠와 간츠, 그리고 내던져진 케이는 무사했다.

"미안하다! 지켜줘야 할 탱커인데도 꼴사나운 모습을 보였어. 두 번 다시 똑같은 실수는 하지 않겠다."

좀 전에 하반신 뱀이 케이에게 접근했을 때는 황야 에어리어라서 쉽사리 피어오르는 모래먼지 속에 숨어 있었기에 알아보기가 힘들었다.

그러한 지형 효과에 당해 휘감은 뒤 내던지기 콤보를 맞은 건 어쩔 수 없지 않을까.

"괜찮아. 불꽃 브레스를 막고 살아남았으니까, 문제없어!"

"맞아요! 항상 케이에게 도움을 받고 있으니까 파티가 조금 무너진다 하더라도 그만큼 저희가 버틸게요!"

격려해주는 미니츠와 마미 씨. 케이도 반성은 나중으로 미루고 다시 암피스바에나를 향해 방패를 들어 올렸다.

분위기 좋네. 그렇게 생각하며 보스와 전투를 이어나가자, 드디어———.

"남은 HP가 5할 아래로 떨어졌다! 어그로 수치도 떨어졌을 테니까 윤도 공격에 참가해!"

"기다리고 있었다고! 간다———, 《강궁기 · 산 무너뜨리기》!"

암피스바에나는 정면의 도마뱀 상반신과 측면의 하반신 뱀이 가하는 공격으로 플레이어를 어지럽게 만들지만, 일반적인 대형 MOB보다 체격이 두 배 이상 크기 때문에 조준을 제대로 하지 않더라도 화살을 맞추기 쉽다.

평소에 쓰던 [검은 소녀의 장궁]으로 교체해서 날린 강력한 일격이 암피스바에나의 몸통에 꽂혔다.

"자, HP를 팍팍 깎아나가자고! ———《크로스 익스큐션》!"

교차시킨 장검 두 자루를 휘두른 타쿠가 암피스바에나의 몸통을 베었다.

　그 이후로도 케이라는 수호신이 지켜주고 있는 우리가 후위에서 원거리 공격을, 전위인 타쿠와 간츠가 단발성 고위력 아츠를 날렸고, 미니츠가 회복에 전념해 주었다.

　매우 안정적으로 암피스바에나의 HP가 서서히 줄어들었다.

　"생각보다 부드러운데?"

　줄어드는 HP나 날리는 화살의 감각을 통해 그런 느낌을 받았다.

　처음에 탄막 공격을 할 때는 암피스바에나의 방어력 같은 건 감이 잘 안 왔지만, 이렇게 한 발 한 발 화살을 날려보니 다르다.

　"HP는 많은 편이지만, 방어력은 일반적인 대형 MOB보다 조금 낮은 편이려나. 도마뱀 상반신과 하반신 뱀의 독립된 움직임이 골치 아프긴 하지만, 방어를 중심으로 움직이니까 버티지 못할 정도는 아니고."

　1주년 업데이트로 인해 걸리기 쉽게끔 조정된 커스드나 상태이상을 합성시킨 독화살의 약체화 등을 시험해 본 결과, 암피스바에나의 DEF와 MIND 스테이터스를 저하했기 때문에 대미지가 더욱 많이 들어갔다.

　"이거 의외로 쉽게 이기려나? ───《강궁기 · 산 무너뜨리기》!"

몇 번째일지 모를 아츠 공격이 암피스바에나에게 꽂혔다.

그리고 암피스바에나의 HP가 4할 이하로 떨어지자 변화가 일어났다.

『『키샤아아아아아아아아아악━━━!』』

도마뱀과 뱀, 각각의 머리가 포효했다. 도마뱀이 꼬리를 자르듯 하반신의 뱀 부분을 뜯어져서 땅바닥에 떨어뜨렸고, 둘이 따로 덤벼들었다.

"잠깐, 이게 뭐야! 진짜 뭐냐고?! 히익!"

전혀 예상하지 못한 변화지만, 이미 정보로 알고 있었던 타쿠 일행의 반응은 미미했다.

"윤이 물어보지 않았던 암피스바에나의 특징이야! 도마뱀의 머리, 몸통, 하반신, 그렇게 세 부위마다 HP가 설정되어 있고, 몸통 부분에 일정 이상 대미지를 입히면 도마뱀하고 뱀이 분리된다고!"

"그런 걸, 어떻게 예상해애애애애애애애애애!"

처음 도전하는 보스의 공략법을 듣지 않았던 내 잘못일지도 모르겠지만, 무심코 그런 태클을 걸어버렸다.

실제로 암피스바에나는 몸통 부분을 공격하기가 제일 쉽기 때문에 의도적으로 도마뱀의 머리 부분이나 하반신 뱀에게 공격을 집중시키지 않으면 몸통에 대미지가 집중되어서 언젠가 분리하게 되어버린다.

"잠깐만, 왠지 도마뱀의 공격 속도가 빨라진 것 같은데!"

"하반신 뱀이 분리하면 발광 모드에 들어가서 강해진다

고! 나와 간츠는 뱀을 우선적으로 쓰러뜨릴게! 케이와 다른 사람들은 그때까지 버텨줘!"

〃〃━━━알겠어!山

"젠장, 반드시 살아남아 주겠어!"

마구 날뛰기 시작한 암피스바에나의 상반신을 노려보면서 보스전은 종반으로 접어들었다.

●

도마뱀 상반신과 뱀 하반신을 지닌 쌍두 보스 MOB, 암피스바에나의 거센 맹공을 케이가 버텨냈다.

종반의 발광 모드로 상승한 공격력과 속도 때문에 공격도 더욱 맹렬해졌다. 반격할 틈도 없이 방패로 계속 막아냈지만, 결국 케이에게 대미지가 축적되어갔다.

"정말 감질나네. ━━━《강궁기 · 산 무너뜨리기》!"

"윤 씨, 지금은 참아야 해요. ━━━《다운 버스트》!"

나와 마미 씨가 암피스바에나의 상반신을 향해 공격을 날렸고, 미니츠가 회복 마법과 포션으로 케이를 치유해주고 있었다.

암피스바에나는 분리한 하반신 뱀에게도 HP 중 3분의 1 정도를 나누어 주었기에 남은 HP는 3할 이하로 떨어졌다.

슬슬 일제 공격으로 HP를 단숨에 없애 쓰러뜨리고 싶지만, 타쿠와 간츠는 멀리 떨어진 곳으로 유도한 하반신 뱀을 우선적으로 쓰러뜨리려 하고 있다.

지금은 마법과 아츠 공격으로 대미지를 조금씩 입혀나갈 수밖에 없다.

"하아아아앗———, 《헤이트 액션》, 《포트리스》, 《와이드 가드》!"

케이 씨는 몇 번째인지 모를 방패 계열 아츠를 다시 사용하고 어그로를 집중시키는 스킬을 발동했다.

나와 마미 씨에게 어그로가 너무 많이 쌓이지 않게끔 정기적으로 적개심을 모으는 스킬을 써주고 있다.

『키샤아아아아아아아아아아악———!』

그리고 날아든 것은 도마뱀의 앞다리 내려치기 공격과 물어뜯기 공격이라는 연속기.

좌우의 앞다리를 케이에게 내려치자, 그 여파로 인해 지면이 약간 흔들렸다.

공격을 한 번 당할 때마다 밀려난 케이는 방패만은 내리지 않고 끝까지 막아냈다.

"케이, 회복이야. ———《메가 힐》!"

"고맙다! 휴우, 발광 모드는 힘들지만, 하반신 뱀이 끼어들지 않게 되었으니 집중할 수 있군!"

그리고 뱀 부위가 분리되었기에, 연결되어 있던 몸통을 기점으로 삼아 휘감은 다음 내던지는 공격도 하지 못하게 된 모양이라 발광 모드에서 진형이 무너질 걱정도 없어졌다.

어떤 의미에서는 운영진이 신경을 써준 걸까. 강해지긴

했지만 그와 동시에 불확정 요소가 줄어들었다고도 할 수 있을 것이다.

그리고 나와 마미 씨는 암피스바에나의 본체 어그로를 주의하며 공격을 거듭해 나갔다.

그리고―――.

"이걸로 끝이에요! ―――《다운 버스트》!"

하늘에서 쏟아져 내린 하강 기류가 암피스바에나의 머리를 후려쳤다.

『키샤아아아아아아아아아아악―――!』

황야의 대지에 쓰러진 암피스바에나가 단말마의 비명을 지르며 빛의 입자가 되어 사라졌다.

그와 동시에 타쿠와 간츠가 상대하고 있던 분리 상태의 하반신 뱀도 본체와 연동되어 쓰러졌고, 빛의 입자가 되어 사라지는 모습이 보이자 타쿠와 간츠가 돌아왔다.

"젠장~, 우리가 재빨리 뱀을 쓰러뜨리고 본체의 숨통을 멋지게 끊어주려 했는데."

"뭐, 충분하잖아. 마미 씨랑 윤의 활약으로 빠르게 쓰러뜨릴 수 있었으니까."

분한 기색을 드러내는 간츠를 타쿠가 달래면서 이번 보스전의 MVP는 나와 마미 씨라고 했다.

"저기, 타쿠? 그게, 마미 씨는 이해가 되는데, 나도?"

"응? 당연하지? 시작 때 탄막 공격을 날린 거나 중반부터 안정적인 고위력 아츠를 날렸던 건 대미지 딜러로서 충분한 활약이었잖아?"

"그리고 내 실수로 후위를 지키지 못했을 때도 마미, 미니츠와 함께 버텨준 덕분에 살았다."

물리 원거리 전투 직업으로서도 꽤 대단한 수준이지, 라며 활짝 웃는 타쿠와 예측하지 못했던 사태에 대처해주었다며 고마워하는 케이. 얼굴이 실룩거렸다.

처음에는 쓰레기 센스나 인기 없는 센스만 모인 구성이었지만, OSO를 계속하며 업데이트로 인한 조정이나 센스의 조합 등을 통해 조금씩이나마 생산 계열 센스뿐만 아니라 전투 계열 센스도 단련했고, 장비도 강화해 왔다.

그렇기에 타쿠가 그렇게 평가해주는 건 기뻤다. 지금까지 쌓아온 생산직으로서의 자존심이 있기에 약간 민망하기도 했지만.

싸울 수 있는 생산직……, 왠지 멋진데.

"윤, 타쿠가 그렇게 말해주니까 기쁜 모양이네?"

"재미있는 표정이 되었어요……."

"어?! 그, 그래?"

미니츠와 마미 씨가 약간 재밌어하는 듯한 눈빛으로 바라봐서 정신이 번쩍 들었다. 나는 실룩거리고 있던 내 얼굴을 두 손으로 주무르며 확인했다.

"이봐~, 보스를 쓰러뜨렸으니까 사막 에어리어로 가서 포탈을 등록하자고~."

그런 내 마음 같은 건 눈치채지 못하고 곧바로 앞장서서

가는 타쿠를 바라보며 살짝 쓴웃음을 지었다.

타쿠는 여전히 게이머구나.

"알았어! 아니, 혼자 먼저 가지 말라고!"

내가 타쿠를 쫓아가며 걸어가자 내 옆으로 다가온 간츠가
물었다.

"그건 그렇고, 전투 중에 그건 대체 뭐였어? 윤이 쓰는 인
챈트와는 다른 녹색 오라가 나왔던 그거!"

"그러고 보니 적이 내뿜은 불꽃 브레스도 그걸로 흘렸지.
뭘 쓴 거야?"

"음, 그건⋯⋯."

미니츠도 불꽃 브레스를 흘린 수단에 대해 물어보았고,
내가 어떻게 설명해야 할지 고민하고 있자니 인벤토리에 넣
어두었던 소환석에서 장난꾸러기 요정 플랜이 멋대로 튀어
나왔다.

"그건 내 힘이야! 자, 내 대단한 능력을 칭찬하도록 해!"

나는 공중에 멋대로 나타난 플랜과 전투 중에 사용했던
장난꾸러기 요정의 소환석, 그리고 《간이 소환》에 대해 설
명했다.

"크으~, 요정 관련 이벤트도 추가되었구나~! 게다가 효
과도 회피를 중시하는 내가 부러워할 만한 거고!"

"그래도 이제야라는 느낌이긴 하지. 왜냐하면 윤이랑 장
난꾸러기 요정⋯⋯, 플랜이었나? 예전부터 사이좋게 지내
는 모습을 봤으니까 이제야 파트너가 되었나 싶거든."

미니츠의 말에 동감했지만, 1주년 업데이트로 상설화된 요정 퀘스트와 관련이 있는 추가 이벤트일지도 모르기에 뭐라 말하지 못하고 쓴웃음만 지었다.

그리고 우리는 황야의 적갈색 대지에서 노란 모래지대가 보이는 사막 에어리어로 발을 내디뎠다.

"별생각 없이 나와버렸는데, 난 이제 지쳤으니까 돌아갈게! 그럼, 또 봐~!"

별생각 없이 나타났던 플랜은 그야말로 폭풍처럼 소환석으로 돌아갔다.

지금쯤은 [아트리엘]의 개인 필드에서 바람을 쐬고 있으려나.

"장난꾸러기 요정은 정말 자유롭구나. 그건 그렇고 덥긴 하네. 여기가 사막 에어리어인가……."

사막 위로 쨍쨍 내리쬐는 태양과 멀리서 일렁이는 신기루를 바라보고 있자니 눈 안쪽이 따가워지고, 현기증을 일으킨 것처럼 몸이 기울었다.

"으엇?! 윤, 괜찮아?"

"괘, 괜찮……지 않아, 이 환경은 대체 뭐지, 힘들어……."

눈을 뜨고 있을 수가 없을 정도로 힘들었고, 더위 때문에 계속 대미지를 입었다.

"윤, [하늘의 눈]을 빼!"

황야 에어리어를 횡단하기 위해 내열 효과를 부여해주는 [쿨 드링크]를 마셨는데도 부족했던 모양이다.

나는 간츠와 케이 같은 사람들이 천을 펼쳐서 만들어준 그늘 아래에서 눈을 반쯤 뜨고 메뉴를 조작해서 [하늘의 눈] 센스를 빼고는 그 자리에 [열기 내성] 센스를 장비했다.

그리고 햇살을 막기 위해 외투형 액세서리인 [몽환의 주민]을 꺼내서 뒤집어썼다.

"《엘리먼트 인챈트》———, 아머. 휴우, 좀 전보다는 나아졌네."

화속성 속성석을 부숴서 나 자신에게 화속성 방어 인챈트를 걸자 그제야 숨을 돌릴 수 있었다.

"갑자기 사막 에어리어에서 쓰러질 줄은 몰랐네. 윤은 열기 대미지에 약해?"

"아니, 열기 대미지는 그렇게까지 강하지 않아. 그런데 햇살이 너무 강해서 눈이 아파."

냉정하게 분석해보니 사막 에어리어의 열기 대미지는 황야 에어리어의 지하에 펼쳐진 지하 계곡 바닥에서 전이할 수 있는 지저 에어리어의 열기 대미지와 비슷한 느낌이었다.

내가 대미지를 입은 것은 시각을 강화해 주는 [하늘의 눈]이 사막의 강한 햇빛을 너무 잘 인식했기 때문이다.

"사막 에어리어에서는 [하늘의 눈]을 못 쓰는 건가……."

"일단 밤처럼 햇빛이 없는 환경에서는 쓸 수 있겠지만, 밤에도 열기 대미지가 한기 대미지로 바뀔 거야."

보아하니 사막 에어리어는 낮에 열기 대미지, 밤에 한기 대미지 같은 식으로 환경이 크게 바뀌는 모양이었다.

그리고 낮과 밤에 나타나는 몬스터가 각각 다르다거나 하는 다양한 기믹이 있는 것 같았다.

"[아트리엘]로 돌아가면 사막 대책을 생각해봐야겠어. 가능하면 [하늘의 눈]을 빼지 않아도 되는 방법을 생각해봐야지. 그게 없으면 DEX 스테이터스가 꽤 많이 떨어지거든."

"뭐, 일단 포탈을 등록해두자고."

타쿠가 아직 눈이 아프고 시야가 약간 뿌옇게 변한 내 손을 잡고 포탈이 있는 곳까지 이끌어 주었다.

"윤을 리드해주고 있구나. 역시 소꿉친구야."

"크윽~! 이 인기남, 은근슬쩍 윤의 손을 잡다니!"

조용히 그렇게 말한 미니츠와, 사막에서 발을 동동 구르는 간츠. 뿌옇게 변한 시야 속에서 흘겨보며 무슨 말을 하는 거냐고 생각했다.

어이없어하는 케이가 마미 씨의 보폭에 맞춰서 앞으로 나아가는 걸 느끼며 타쿠의 안내에 따라 걸었다.

모래 언덕을 넘어간 곳에는 바람에 흘러간 모래가 완만한 기복의 변화를 계속 만들어내는 사막이 펼쳐져 있었다.

그런 사막 안에, 커다란 돌 받침대와 그 위에 솟아오른 끄트머리가 뾰족한 사각형 돌기둥———오벨리스크가 보였다.

"대단하네, 커다란 오브젝트야."

"오벨리스크구나. 사막 에어리어는 넓고 풍경이 거의 바뀌지 않으니까 플레이어들이 길을 잃지 않게끔 해주는 길잡이가 아닐까 하는 이야기가 있던데. 그리고 다른 길잡이는 저게 있고."

서서히 눈이 익숙해진 내가 타쿠가 손가락으로 가리킨 방향을 보았다. 푸른 하늘에 역삼각형 건물이 보였다.

"으엇?! 공중에 떠 있어?!"

"푸흡, 뭐, 떠 있는 것처럼 보이긴 하지. 하지만 저건 신기루야."

"……신기루?"

살짝 웃음을 터뜨린 타쿠가 그 정체를 신기루라고 말하자 나는 고개를 살짝 갸웃거리며 되물었다.

타쿠는 신이 난 듯이 하늘에 떠 있는 역삼각형 건물에 대해 설명해 주었다.

"그래, 신기루의 역피라미드지. 사막 에어리어의 가장자리에서 플레이어가 나아갈 방향을 잃지 않게끔 사막 에어리어 어디서나 저렇게 보이거든."

"호오, 그러니까 저기가 사막 에어리어의 중심이라는 거구나."

이 오벨리스크도 그렇고, 신기루의 역피라미드도 그렇고, 플레이어를 유도하는 게 잘 되어 있네.

"역피라미드에 어느 정도 다가가면 신기루가 사라지고 진짜 피라미드가 보이는 모양이던데."

"그렇구나, 기대되는데."

나는 솔직하게 소리를 내며 감탄하고는 신기루의 역피라미드 풍경을 스크린샷에 담아나갔다.

그런 내 모습을 파티원들이 훈훈하게 바라보고 있었기에 갑자기 부끄러워졌다.

"이, 일단, 포탈을 등록한 뒤에 앞으로 어떻게 할지 생각해 봐야겠어."

나는 하늘에 비친 신기루의 역피라미드에 등을 돌리고는 오벨리스크 근처에 있던 전이 오브젝트 포탈에 손을 대고 전이처를 등록했다.

"나는 일단 돌아가서 클로드랑 사막 에어리어의 대책 장비를 의논할 건데, 타쿠네는 어떡할 거야? 같이 돌아갈래?"

사막 에어리어의 열기 환경이나 햇빛 대책에 대해서는 재봉사인 클로드와 의논하면 될 것이다.

내가 그렇게 말하자 타쿠 일행도 같이 돌아가려는 모양이었다.

"지금 상태로도 사막 에어리어에서 활동할 수 있긴 하지만, 실제로 와 보니 조금 힘드네. 우리도 준비하러 돌아갈래."

"그리고 암피스바에나전에 대해 반성할 것도 있고."

타쿠가 한 말을 케이가 보충했다. 다 함께 사막 에어리어 북쪽에서 제1마을의 포탈로 전이한 다음, 곧바로 클로드의 가게인 [콤네스티 카페 양복점]으로 향했다.

"윤의 대책은 그 외투에 [열기 내성] 추가 효과를 부여하는 거야?"

"그럴 생각이야. 센스 쪽 [열기 내성]하고 합치면 충분할 것 같은데, 어떻게 생각해?"

"괜찮지 않을까? 우리는 가게에서 반성회라도 하고 있을게."

그런 이야기를 하면서 [콤네스티 카페 양복점]으로 갔고, 가게 안에서 타쿠 일행과 헤어진 다음 클로드가 있는 곳으로 갔다.

"클로드, 잠깐 이야기 좀 할 수 있어?"

"응? 윤이냐. 타쿠네와 함께 왔는데 내게 말을 걸다니, 신기하군."

가게에 플레이어 집단이 들어왔다는 건 알았지만 그 상대가 나와 타쿠라는 건 몰랐는지, 클로드가 의아해했다.

"타쿠네랑 같이 암피스바에나를 쓰러뜨리고 사막 에어리어에 갔었거든."

"그렇군, 암피스바에나 토벌이라. 그 직후에 내게 볼일이 있다는 건 사막 에어리어에서 뭔가 문제가 생겼나?"

클로드는 이럴 때 정말 눈치가 빨라서 편하네. 나는 쓴웃음을 지으며 의논했다.

"사막 에어리어의 열기 환경이 너무 힘들어서 [몽환의 주민]에 [열기 내성] 추가 효과를 달아줬으면 해서. 그리고 사막의 햇빛과 [하늘의 눈] 센스의 상성이 안 좋아서, 거기에 대해 의논하고 싶거든."

내가 그렇게 말하자 클로드는 턱에 손을 대고 생각에 잠겼다.

"흐음, 그렇군. [열기 내성] 추가 효과를 지닌 교체 소형 망치가 재고로 있으니 [몽환의 주민]에 곧바로 부여할 순 있다.

그리고 암피스바에나의 드롭 아이템은 뭐가 나왔지?"

"그러고 보니 확인하지도 않았네. 음……, 드롭 아이템은 [쌍두 사룡의 허물]이래."

"그건 [열기 내성]이나 [한기 내성]을 한 단계 끌어올려 주는 강화 소재다."

사막 에어리어의 매서운 환경에 대비시키기 위해, 보스인 암피스바에나의 드롭 아이템에 강화 소재를 마련해준 것 같다.

"그리고 사막의 햇빛 대책으로는 안경이나 고글, 가면 같은 액세서리에 [차광]이라는 추가 효과를 부여하면 되지 않을까?"

"안경이나 고글이라."

눈앞의 클로드도 안경을 끼고 다니는 사람이지. 그 얼굴을 바라본 다음, 주문한 케이크를 맛있게 먹고 있던 마미 씨를 돌아보았다.

그 밖에도 생각나는 플레이어는 뮤우네 파티의 코하쿠가 안경을 끼고 다니고, [소재상] 에밀리 양은 가면, 길드 [OSO 어업조합]의 시치후쿠는 고글을 끼고 다닌다.

"안경이라……, 내가 안경……."

"흐음. 고민이 된다면 차광 안경과 [몽환의 주민]을 합친 사막 에어리어용 토탈 코디네이트를———'아니, 필요 없어.'———휴우, 아쉽군."

클로드는 노골적으로 아쉬워하다가 커피를 한 모금 마신

다음, 다른 제안을 했다.

"우선, 시착용으로 안경이 몇 종류가 있긴 하지. 그중에서 마음에 드는 안경테를 고른 다음, 차광 효과가 있는 렌즈를 따로 마련해도 될 거다."

"그러게. 그러는 게 좋겠어."

그 순간, 클로드가 씨익, 미소를 지었다.

"하는 김에 안경에 어울리는 시착용 옷도 준비해 두자. 자, 촬영회를 해볼까!"

"어, 잠깐만! 어째서 그렇게 되는데! 잠깐, 타쿠, 도와줘……."

"윤, 열심히 해~."

당황한 나를 타쿠가 유쾌하다는 듯이 바라보았다.

"재미있을 것 같네! 나도 시착해볼까? 마미도 같이 가자!"

"저, 저요? 어, 어어, 어어어———!"

그리고 내 시착에 편승하는 느낌으로 미니츠가 마미 씨의 손을 잡고 따라왔다.

"윤하고 마미는 귀엽잖아. 안경이 어울리는 코디! 항상 차분한 장비만 차고 다니니까 신선할 거야!"

"으음! 여러모로 영감을 자극하는군!"

클로드와 미니츠의 박력에 밀려난 나와 마미 씨는 어색한 미소를 지으며 안경과 안경에 어울릴 만한 장비를 입어보았다.

물론 미니츠도 함께 시착을 했고, 신이 나서 다양한 포즈를 취하며 매우 즐기고 있었다.

"아~, 즐거웠다."

"으음, 시착 촬영을 매우 잘 했군! 촬영비 대신이나마 찻값은 공짜로 해주지!"

시착과 촬영을 즐긴 클로드와 미니츠는 매우 만족스러운 듯한 표정을 짓고 있었다.

"휴우, 나는, 피, 피곤해~."

"네, 네에, 피곤해요~."

그에 비해 나와 마미 씨는 익숙하지 않은 행동을 했기에 축 늘어져 있었다.

정신적인 피로로만 따지면 암피스바에나와 싸웠을 때보다 더 지쳤을지도 모르겠다.

우선, 시착해보면서 다양한 옷과 함께 다양한 안경을 껴보았다.

전부 내게 어울리긴 했지만 내 취향에는 맞지 않았고, 결국 마지막에 고른 남자용 옷에 어울리는 투박한 고글을 토대로 내가 직접 만들게 되었다.

## 2장 차광 고글과 사막 횡단

나는 [아트리엘] 공방에서 사막 에어리어를 건너가기 위해 필요한 차광 고글을 만들고 있었다.

"휴우, 테는 이 정도면 되려나?"

내가 들고 있던 것은 차광 고글의 렌즈를 끼워 넣을 테 부분이었다.

약간 타원형인 구멍이 두 개 나란히 붙어 있는 미스릴제 테를 만들었다.

렌즈가 흐려지지 않게끔 테에 공기 구멍을 만들고 얼굴과 밀착되는 부분에는 아프지 않게끔 쿠션을 넣은 다음, 따로 준비해 두었던 신축성이 있는 벨트를 끼우면 고글 형태가 된다.

"잠깐 껴 볼까?"

긴 머리카락을 들어 올리고 머리 뒤쪽으로 벨트를 넘긴 다음, 고글의 위치를 조정하며 껴 보았다.

"오~, 이렇게 되는 건가? 시야가 꽤 많이 좁아지네."

렌즈를 끼우는 테 부분만큼 시야가 제한되어버릴 수밖에 없었다.

"테는 미스릴로 만들었으니까 가볍고, 이제 햇빛을 반사하지 않게끔 도금 처리를 해서 까맣게 만들어야겠네."

고글 각 파츠를 일단 분해해서 미스릴 테만 남겨놓고 그

슬림 용액인 [셰이드 진한 녹색 염료]에 담가서 표면을 까맣게 만들어나갔다.

"자, 마를 때까지 렌즈를 만들어볼까. 에밀리 양이 가르쳐준 레시피를 이렇게 금방 쓰게 될 줄은 몰랐네."

그렇게 중얼거린 나는 [아트리엘]의 아이템 박스에서 고원 에어리어의 꽃밭에 모여든 요정 NPC들이 떨어뜨리는 [요정의 비늘가루]와 [모래 결정]을 꺼냈다.

"에밀리 양이 가르쳐준 건 합성 레시피지만, [장식사] 센스로도 만들 수 있지."

샘플로 받은 [요정 유리]는 고글의 테 크기에 맞지 않았기에 처음부터 만들어야만 한다.

나는 [모래 결정]에 [요정의 비늘가루]를 섞은 다음 마도로에 흘려 넣고 녹을 때까지 기다렸다.

그리고 녹은 다음에 식은 [요정 유리]를 들었다.

"일단 만들긴 했는데, 색이 좀 연한가? [요정의 비늘가루] 비율을 좀 늘릴까."

그런 다음, [모래 결정]과 [요정의 비늘가루]의 배합 비율을 다르게 해서 여러 번 만들며 [요정 유리]의 색을 확인했다.

[요정의 비늘가루]의 양이 적을수록 색이 투명에 가까워지고, 양이 많을수록 비단벌레색에 가까워지는 것 같았다.

개인적으로는 그 중간인 세피아색이 빛의 반사로 인해 무지개색으로 바뀌는 게 취향에 맞았기에 그 비율로 [요정 유리]를 만들었다.

[모래 결정]과 [요정의 비늘가루]를 섞은 것을 [마도로]의 고온으로 녹여서 만든 [요정 유리]에는 기포가 많이 있었고, 금이 간 상태였다.

"아～, 이대로는 못 써먹겠네. [연성] 센스로는 깔끔하게 만들 수 있는데……."

완성된 [요정 유리]와 에밀리 양이 준 [요정 유리] 샘플을 번갈아 보며 그렇게 중얼거렸다.

마도로에서 나온 것은 기포나 금 때문에 빛이 굴절되는 모양이 달라서 별개의 아름다움이 있긴 하지만, 차광 렌즈로 쓰기에는 적합하지 못하다.

"음～. 우선……, 부술까."

나는 기포와 금이 간 부분이 있는 [요정 유리]가 흩어지지 않게끔 주머니에 넣어서 주둥이를 묶은 다음, 대장간 작업용 해머를 내리쳤다.

서서히 작아지는 유리 덩어리를 느끼면서 어느 정도 작아졌다 싶을 때 주머니의 주둥이를 열고 확인했다.

"좋아, 됐네. 간다———,《상위 변환》!"

주머니 안에는 부서져서 [요정 유리 파편]이라는 상태로 바뀐 유리가 있었다.

나는 주머니 안에 있는 내용물에 [연금] 스킬인 상위 변환을 사용했다.

같은 종류의 아이템을 연성해서 더욱 상위인 아이템을 만들어내는 센스다.

지금은 [합성] 센스와 통합해 [연성] 센스가 되었지만, 질이 균등한 소재 아이템을 만들려면 이 방법밖에 생각나는 게 없었다.

그리고———.

"오오, 예쁘게 만들어졌네."

부서진 [요정 유리]가 [상위 변환]으로 인해 기포나 금 간 곳 없이 질이 균등한 유리가 되었다.

"이 정도 크기라면 금속 테보다 크니까 차광 렌즈를 만들 수 있겠어."

액세서리를 만들 때 쓰는 광석이나 원석 절단용 실톱을 이용해서 [요정 유리] 덩어리에서 두께가 2센티미터 정도인 유리를 잘라냈다.

그리고 잘라낸 유리를 지금까지 단련해온 연마 기술로 고글의 테에 맞게 사이즈를 조정하며 표면을 갈아나갔다.

"두께는 좀 더 얇은 게 나으려나? 그리고 표면도 깔끔하게 갈아야지."

처음에는 크기를 조정하기 위해 대충 깎아내는 작업부터 시작했고, 서서히 자잘한 부분까지 연마해서 광택을 내었다.

그리고 좌우 렌즈의 크기, 무게, 두께, 왜곡된 부분 등에 차이가 없는지 확인하며 깨끗하게 세정한 다음, 고글의 테에 끼워보았다.

"좋았어, 다 됐다! 이제 조립만 하면 완성이야!"

그리고 조립한 고글에 [차광] 추가 효과를 지닌 교체 소형

망치를 휘둘러서 추가 효과를 옮겼다.

**워커 고글 [장식품] (중량 : 2)**
**INT+5, DEX-5, 추가 효과 [차광], [광속성 내성(소)]**

안경 같은 액세서리이기에 마법 공격력인 INT가 올라가지만, 대신에 시야의 제한과 유색 렌즈로 인해 손재주인 DEX가 떨어지는 것 같았다.

추가 효과인 [차광]은 강렬한 빛으로 인한 이펙트의 영향을 경감해주는 효과다.

예를 들어 광속성 마법약인 [섬광액]에는 강렬한 빛으로 인한 스턴 효과가 있는데, 그런 강렬한 빛의 이펙트로 인한 효과를 막아주는 것이다.

PVP에서는 [섬광액]이나 [음향액]이 스턴 그레네이드나 섬광탄 같은 아이템으로 쓰이고 있다.

그러한 아이템을 막기 위해 [차광] 추가 효과가 마련된 거라고도 한다.

그리고 또 한 가지, [광속성 내성(소)]의 추가 효과는 [요정 유리]를 소재로 만들었기에 얻은 추가 효과다.

"우선, 사막 횡단용 장비는 완성되었구나. 껴 볼까."

나는 클로드에게 [열기 내성]을 부여해달라고 한 [몽환의 주민]을 걸치고 고글을 껴보았다.

나 자신의 모습은 보이지 않지만, 메뉴에서 온몸의 장비 상황과 서 있는 모습을 확인해보니 렌즈의 투명도가 있어서 고글에 까만 망토를 두르더라도 수상해 보이진 않았다.

오히려 투박한 느낌이라 왠지 스팀펑크 계열 코디네이트 인 것처럼 보이기도 했다.

"이것도 나름대로 나쁘지 않은 것 같기도 한데."

스테이터스 화면으로 온몸을 확인하며 디자인이나 차림 새에도 문제가 없는지 확인했다.

"일단, 이 장비로 사막 에어리어에서 얼마나 버틸 수 있을 지가 문제인데."

나는 [아트리엘]의 공방에 설치되어 있는 미니 포탈을 통 해 최근에 등록한 사막 에어리어 북부의 오벨리스크 앞으로 전이했다.

"으엑, 더워. 그래도 못 버틸 수준은 아니네."

차광 고글과 [몽환의 주민]을 함께 착용하자 사막 환경의 지속 대미지가 줄어들었다. 은근한 더위는 느껴지지만.

여기에 [열기 내성] 센스 레벨을 올려서 장비하거나 쿨 드 링크 같은 내열 부여 아이템을 사용하면 환경 대미지를 완 전히 막을 수 있을 것이다.

또한 [하늘의 눈]을 장비한 상태로도 눈이 부셔서 눈을 뜰 수 없는 상황은 아니었기에 일단은 성공이라 해야 하나.

"휴우, 다행이야. 이걸로 막지 못했다면 야간에 사막 횡 단을 했어야 하니까."

그렇다면 이번에는 한기를 막아주는 장비를 마련해야 하

지만, 예전에 만들었던 동복 장비를 이용할 수 있으니 그쪽이 수고를 덜 들일지도 모르겠다.

"자, 돌아갈까."

사막 에어리어 대책에 문제가 없다는 걸 확인한 나는 다시 포탈을 통해 [아트리옐]로 돌아왔다.

"윤 언니, 기다리고 있었어!"

돌아온 나를 뮤우가 [아트리옐] 점포에서 기다리고 있었다.

NPC인 쿄코 씨가 내준 차를 마시며 카운터석에 앉아 있던 뮤우가 일어서서 내게 다가왔다.

"윤 언니, 그 차림새는 뭐야?! 멋있다!"

"고, 고마워. 뮤우야말로 무슨 일이야? 뭔가 볼일이라도 있어?"

내가 차광 고글을 벗으며 묻자 뮤우가 기다렸다는 듯이 말하기 시작했다.

"내 말 좀 들어봐, 언니! 다른 애들이랑 모험하러 갈 타이밍이 안 맞아!"

"아~, 뭐, 여름방학도 끝났으니까 어쩔 수 없지."

나는 쓴웃음을 지으며 카운터석 의자에 앉아 뮤우의 하소연을 들었다.

뮤우네 파티는 여름에 퀘스트 칩 이벤트를 계기로 자신들의 길드, [백은의 여신]을 설립하고 거점으로 쓸 길드 홈을 손에 넣었다.

하지만 그 사이좋은 뮤우 파티도 멤버들이 각자 가고 싶어

하는 에어리어나 퀘스트가 달랐고, 게다가 다 함께 모험을 하러 갈 수 있는 로그인 타이밍을 좀처럼 잡지 못했던 것이다.

"그래서, 어떤 에어리어에 가고 싶다는 얘기가 나왔는데?"

"음~, 북쪽 마을에 있는 성의 탐색, 남서쪽 수해 에어리어의 깊은 곳 탐색, 공룡 평원 안쪽, 스타 게이트의 고난도 심볼 코드, 그리고 장기 퀘스트 두 종류."

가고 싶은 에어리어 후보는 이곳저곳 있는 모양이지만, 전부 시간이 오래 걸릴 것 같다.

그 때문에 우선 로그인한 멤버들끼리 가볍게 퀘스트를 하자고 한 모양이었다.

그런 부분에 불만이 좀 있는 모양인 뮤우의 하소연에 맞장구를 쳐주었다.

"뮤우네도 아직 가보지 않은 OSO 에어리어가 그렇게 많구나."

"그렇다니까! 그 밖에도 외딴섬 에어리어의 보물찾기도 전부 끝내지 못했고, 화산 에어리어의 귀인의 별장의 뒷문 너머라든가, 제3마을 광산의 심층 탐색이라든가. 황야 에어리어의 남쪽에 있는 사막 에어리어라든가!"

공략이 진행될 때마다 넓어지는 OSO 세계.

거기에 맞춰서 최전선이라 불리는 에어리어도 늘어나고 있기에 플레이어들은 어디부터 공략해야 할지 많은 선택지를 앞두게 된다.

"나는 다 같이 가고 싶은 곳이 정말 많아! 그런데 시간이 부족하잖아!"

1주년 업데이트로 다양한 에어리어 말고도 초보, 중급자들에게 적합한 콘텐츠 등이 추가되었기에 현재 활동 범위로도 충분히 즐길 수 있다.

"나는 그렇게 바쁘게 움직이지 않아도 될 것 같은데. 아, 그래도 다음에 타쿠네랑 같이 사막 에어리어에 도전할 거야. 오늘 이 차림새는 그걸 준비한 거고."

벗은 차광 고글을 손가락으로 가리키자 뮤우가 부러워했다.

"좋겠다아. 사막 에어리어도 재미있을 것 같아."

"이미 지금도 셀 수 없을 정도로 플레이의 폭이 넓으니까 다양한 에어리어에 도전하는 걸 고집하지 않아도 되는 거 아닐까?"

"윽……, 그렇긴 하지만……, 루카네랑 이런저런 곳에 가보고 싶으니까!"

입술을 약간 삐죽대던 뮤우가 강한 어조로 말했기에 나는 무심코 쓴웃음을 지었다.

"가고 싶은 곳이 있다면 다른 사람을 데리고 가는 건 어때? 세이 누나네 길드 멤버라면 도와주지 않을까?"

"안 돼! 루카네랑 가고 싶어!"

내가 놀리듯이 그렇게 말하자 뮤우가 반사적으로 대답하고는 자신의 진심을 깨닫고 놀란 듯이 눈을 크게 떴다.

"그렇다면 어디에 가든 상관없는 거 아니야? 루카토네랑 즐길 수만 있다면."

"……응, 그러게. 가고 싶은 에어리어라는 걸 너무 고집 했던 건지도 몰라."

OSO를 즐기고 싶은 마음과 루카토 일행과 함께 지내고 싶은 마음이 양쪽 다 너무 강해서 짜증이 났을 뿐, 뮤우 자신은 어떤 걸 더 우선시해야 하는지 알고 있는 것 같았다.

"같이 그냥 수다만 떨어도 즐겁지? 에어리어에 고집하지 말고 즐기도록 해."

"응! 고마워, 윤 언니. 속이 시원해졌어!"

한동안 하소연을 하던 뮤우는 시원스러운 표정으로 일어 섰다.

"과자나 음료수를 사서 길드 홈으로 돌아갈게! 루카네랑 모험할 곳에 대해 이런저런 이야기를 나누는 것도 즐거우 니까!"

일어선 뮤우는 [아트리엘]의 출입구 쪽으로 갔다.

중간에 갑자기 멈춰선 뮤우가 돌아보고는 멋진 미소를 지 었다.

"좀 전에 말했던 에어리어. 아무나 상관없는 건 아니지만, 역시 윤 오빠나 세이 언니라면 같이 가도 좋을 것 같은데."

뮤우는 물론, 윤 오빠가 불러줘도 되지만 말이지~, 라며 돌아서서 활짝 웃었다. 빠른 걸음으로 가게를 유우를 바라 보던 나는 작은 목소리로 중얼거렸다.

"정말, 이럴 때만 오빠라고 부르는 거야? 그렇게 부탁하면 들어줄 수밖에 없단 말이지."

내가 뮤우를 어딘가 새로운 에어리어로 데리고 가는 건 힘들겠지만, 뭔가 좋은 소재를 얻게 되면 새로운 아이템을 만들어서 선물로 줄까 싶다.

"그건 그렇고, 나는 정말 뮤우에게 약하네."

내 중얼거림은 열려 있던 [아트리엘]의 창문을 통해 불어온 따스한 바람에 사라졌다.

●

차광 고글과 내열 장비 준비를 마친 내가 타쿠에게 연락하자 곧바로 사막 에어리어 공략 일정이 정해졌다.

그리고 당일, 나는 [아트리엘]의 미니 포탈을 통해 사막 에어리어의 오벨리스크 앞으로 전이해서 타쿠 일행과 합류했다.

"오~, 그게 윤의 대(對)사막 에어리어 장비야? 꽤 그럴싸한데."

"어때? 나는 꽤 마음에 들거든."

투박한 고글과 까만 망토의 조합은 귀엽다기보다는 멋진 부류에 들기 때문에 개인적으로는 꽤 마음에 들었다.

그리고 대책 장비를 확실하게 갖추자 햇빛이나 사막의 더운 환경에도 버틸 수 있게 되었다.

타쿠네도 사막 에어리어의 대책 장비를 갖췄는데, 그중에서 장비를 가장 많이 바꾼 사람은 역시 전신 갑옷을 걸치고 있던 케이일 것이다.

"역시 열기 대미지가 들어오는 곳에서는 전신 갑옷을 써먹기 힘든 거야?"

이곳과 같이 열기 대미지가 발생하던 외딴섬 에어리어 때처럼, 금속 갑옷을 벗어 던지고 갈색 가죽 방패와 갑옷을 입은 케이. 타쿠가 물었지만 보아하니 그 이유뿐만이 아닌 모양이었다.

"일단 블루라이트강으로 만든 금속 방어구라면 열기 대미지를 완화할 수 있지만, 그것보다 이 사막의 발치가 문제야. 장비의 중량이 너무 무거우면 이동도 마음대로 할 수가 없으니까."

그렇게 말하며 사락사락 흘러가는 노란색 모래를 밟자 발이 빠질 뻔했다.

"그렇긴 하겠네. 이동하는 데 시간이 오래 걸릴 것 같아. 하지만 그런 것보다———."

차광 고글 덕분에 눈이 부시지 않게 된 사막의 대지를 둘러보며 내가 소리쳤다.

"———어째서 아이템이 없냐고오오오오!"

지금 보이는 곳에서는 채집 포인트나 채굴 포인트가 없었고, 그저 노란 모래만 바람에 무늬를 그리고 있을 뿐이었다.

"아~, 뭐, 윤이 노리고 있는 [선플라워 씨유]가 있을 가능성이 높은 건 사막 에어리어의 안쪽이니까. 최단거리로 오아시스까지 돌진할까?"

"그게 좋을 것 같아. 모처럼 사막 에어리어에 왔으니까 이런저런 소재를 얻고 싶거든."

멀리 보이는 역피라미드의 신기루 아래 있는 오아시스 마을까지 가면 다양한 아이템을 볼 수 있으려나.

오아시스로 이어지는 직행 루트에 대해 간츠와 다른 사람들에게도 의견을 물었다.

"어떻게 할까? 나는 사막 에어리어에 대한 정보는 잘 모르는데, 다른 사람들도 일직선으로 오아시스를 향해 가도 되겠어?"

"나는 찬성! 딱히 다른 길로 샐 이유도 없으니까!"

"나도 간츠 의견대로 해도 괜찮을 것 같군. 지금은 판단을 내릴 재료도 별로 없고. 회복 아이템도 있으니 무리한 공략도 아닐 거다."

최단거리로 돌파하는 것을 적극적으로 찬성한 간츠와 달리 케이는 냉정하게 우리 장비 상황을 통해 판단을 내려주었다.

그리고 마미 씨와 미니츠를 보자 두 사람도 마찬가지로 고개를 끄덕였다.

"우선 사막 에어리어를 일직선으로 나아갈까."

"알겠어, 음. 자, 사막 에어리어에는 뭐가 있으려나."

우리는 멀리 보이는 역피라미드를 길잡이 삼아 사막 에어리어를 나아갔다.

"히, 히익……, 꽤 지치네요."

"마미, 괜찮아? 발치도 불안정하고, 사막의 기복도 심하니까 힘들지."

걸은 지 20분이 지나자, 후위인 마미 씨가 불안정한 모래 발판 때문에 지친 건지 비틀대기 시작했다.

"잠깐 쉬는 게 낫지 않겠나?"

"그러게. 저기 있는 모래 언덕까지 올라가자. 저곳이라면 주위가 잘 보이니 경계하기도 쉬울 거야."

케이가 제안하자 타쿠가 모래 언덕 꼭대기를 손가락으로 가리켰기에 그쪽으로 갔다.

말은 그렇게 했지만, 여기까지 오면서 사막 에어리어의 분위기를 피부로 직접 느꼈기에 적 MOB이 기습할 듯한 낌새는 느껴지지 않았다.

"마미 씨, 여기 앉아. 그리고 쿨 드링크 마시고."

"가, 감사합니다……."

매우 지치고 땀도 흘리는 마미 씨에게 내열 효과를 부여해주는 쿨 드링크를 건넨 다음, 햇빛을 가려주기 위해 천을 펼쳐서 즉석 그늘을 만들었다.

로브 안쪽에서 부스럭거리며 기어 나온 합성 MOB 윈드 젤이 그늘 아래에 천을 깔고 누운 마미 씨에게 걱정스러운 듯이 시원한 바람을 부쳐주었다.

"더워……, 꽤 피곤하네."

열기 내성을 높이고 사막 에어리어에 돌입했지만, 우리 HP는 사막의 열기 때문에 점점 줄어들었다.

그와 동시에 우리 메뉴에 어떤 카운트다운이 추가되었다.

"남은 시간은———, 1시간 40분인가…….."

사막 에어리어의 활동 한계 시간인 것 같았다.

아무리 열기 내성을 높이고 HP를 넉넉하게 유지하면서 [소생약]을 챙겨오더라도 그 시간이 지나면 강제적으로 죽어서 돌아가게 되는 공포의 카운트다운 기믹이다.

전부 합쳐서 2시간 안에 사막 에어리어의 오아시스까지 도착해야만 하지만, 일단 운영 쪽에도 자비심은 있었다.

"다행히 적 MOB은 전부 비선공인 것 같으니까 방해를 받는 경우는 별로 없지만…….."

사실은 사막의 적 MOB을 쓰러뜨리고 소재를 모으면서 나아가고 싶지만, 모래에 발이 빠진 상태에서 적 MOB까지 덤벼들면 도저히 2시간 안에 사막을 횡단할 수는 없다.

사막의 역피라미드 신기루를 올려다봐도 별로 가까워진 것 같지 않았다.

그냥 우직하게 걸어가기만 해서는 사막 횡단은 힘들 것 같은데.

그런 와중에도 기운이 넘치는 간츠는 심심했는지 모래 언덕 꼭대기에 서서 어떤 물건을 꺼냈다.

"짜잔~! 오늘은 이 보드를 가지고 왔지!"

"아, 외딴섬 에어리어에서 수상 스포츠 할 때 쓰던 목제 보드야? 그걸로 뭘 할 건데?"

간츠가 꺼낸 것은 약간 휘어진 보드였다.

예전에 뮤우네가 외딴섬 에어리어에서 MOB식 엔진을 탑재한 보드를 만들고 거기에 끌려가는 수상 스키 놀이를 즐긴 적이 있다. 그때 쓰던 도구인 것 같다.

"보라고, 이렇게 모래 언덕 위에서 미끄러지는 거야! 야호~!"

그 보드에 탄 간츠가 모래 언덕 위에서 스노우보드를 타는 것처럼 미끄러져 내려갔다.

힘없이 웃은 나와 마미 씨, 그리고 어이없어하는 미니츠가 멍하니 그 모습을 바라보았다.

"오, 대단하네……, 속도가 꽤 빨라. 조금만 더 크게 만들고 돛을 달면 사막 에어리어의 이동 수단으로도 쓸 수 있겠는데?"

윈드서핑 같은 구조라면 모래 언덕을 넘어가는 건 힘들겠지만, 모래 언덕 사이를 이리저리 파고들어서 나아가기만 해도 충분한 이동 수단이 될 것 같다는 생각이 들었다.

하지만 그런 도구를 즉석에서 만들기에는 사막 에어리어에 소재가 너무 부족하다.

목제 보드를 만들 목재, 바람을 받을 돛을 만들 천 소재 등, 써먹을 만한 물건이 너무 적다.

더위와 다가오는 카운트다운으로 인해 점점 초조해지는 와중에 타쿠가 내게 제안했다.

"저기, 윤. 너 혼자라면 오아시스까지 갈 수 있지 않을까?"

"뭐어? 그게 무슨 소리야……."

"윤의 사역 MOB인 뤼이를 타면 이동은 빠르잖아? 윤 혼자만이라면 비선공 MOB이 많은 사막 에어리어를 빠져나갈 수 있는 것 아닐까 해서."

나는 불만스러운 듯이 대답했다.

"안 돼. 그런 걸 어떻게 납득해? 나 혼자서 사막 에어리어를 넘어가봤자 의미가 없어. 또 그런 시시한 말 하면 화낸다!"

사막 에어리어의 더위 때문에 약간 짜증 난 건지도 모르겠다.

약간 가시 돋친 말투였다는 생각에 껄끄러워져서 눈을 피했다.

"미안, 나도 말이 심했지."

"아니, 윤 말대로 포기하긴 이르지. 중간에 이 카운트의 리셋 포인트 같은 게 있을지도 모르고."

시원스러운 미소를 지은 타쿠를 보니 약간 가시 돋친 말투였던 내가 진 기분이라 망토의 후드를 뒤집어썼다.

미니츠가 역시 타쿠랑 윤은 좋은 관계구나, 같은 말을 중얼거렸지만, 그걸 무시하고 현재 상황을 타개할 방법에 대해 생각했다.

실제로 지금 같은 페이스로 가다가는 모두에게 속도 인챈트를 걸더라도 2시간 안에는 절대로 도착하지 못할 것이다.

게다가 타쿠가 말한 대로 뤼이의 등에 타서 이동하는 방법도 사실 나쁘진 않다.

하지만, 뤼이의 등에 탈 수 있는 건 많아봤자 두 명뿐.

그렇게 되면 나머지 네 사람의 이동 속도를 빠르게 만들 방법을 생각해야 하고, 그러지 않으면 다 함께 사막 횡단을 하는 건 실패하게 된다.

"자, 어떻게 할까……, 응?"

지금까지는 더위 때문에 주위에 신경을 쓰지 못했지만, 옆 모래 언덕에서 낙타 형태의 MOB———, 캐러멜 카멜 무리가 걸어가고 있었다.

긴 속눈썹과 뚱한 표정, 이름 그대로 털이 캐러멜색인 낙타들이 안정적인 발걸음으로 사막의 모래 위를 걸어가고 있다.

"아~, 등에는 혹이 두 개 있네……."

저 혹 사이에 타면 안정적일 것 같다거나, 앞쪽 혹에 달라붙으면 떨어지지 않을 것 같다거나……, 그런 걸 생각하다 가 좋은 게 떠올랐다.

"———앗! 타쿠!"

"뭔데?!"

"저 낙타를 잡아줘! 절대로 쓰러뜨리지 말고!"

갑자기 일어서서 타쿠에게 부탁한 나를 보고 타쿠도 놀란 표정을 짓다가 씨익 웃었다.

"앗?! 그렇구나, 그런 거야! 간츠도 도와!"

"뭐야?! 잘은 모르겠지만, 저 녀석들을 붙잡으면 되는 거야?"

"포획이라면 내 마법도 도움이 될 거야."

타쿠가 부르자 간츠와 미니츠도 캐러멜 카멜의 포획에 나섰다.

"그럼, 내가 앞장설게!"

간츠는 곧바로 보드를 타고 모래 언덕을 미끄러져 내려가서 선두에 가던 캐러멜 카멜에게 접근했다.

"하아아아앗———, 이얍!"

"간츠. 쓰러뜨리지 말라고 했잖아!"

"괜찮다니까, [봐주기 공격]을 날리고 있으니까!"

예전에 마미 씨에게 주었던 초대 합성 MOB 윈드 젤은 격투 센스를 장비한 간츠의 찌르기에 대미지를 입고 소멸해버렸다.

그때 맨손으로 공격해도 적 MOB을 쓰러뜨리지 않게끔 대미지를 입히는 [봐주기 공격]을 익힌 간츠는, 근처에 있던 낙타를 때려서 얌전하게 만들었다.

"미니츠, 다른 녀석이 도망쳤어!"

"내게 맡겨———,《엔젤 링》!"

타쿠도 약한 장검을 꺼내들고 캐러멜 카멜 중 한 마리를 붙잡자, 캐러멜 카멜 무리가 제각각 도망치기 시작했다.

그때 미니츠의 광마법, 빛의 고리가 캐러멜 카멜의 다리를 조여서 모래에 쓰러지게 만들었다.

『╥부오오오오오오오오오———.╨』

그렇게 타쿠 일행에게 붙잡힌 캐러멜 카멜 세 마리.

"미안해, 갑자기 덤벼들어서."

『부오오오오오오오오오오오————.』

내가 캐러멜 카멜 중 한 마리의 목덜미를 쓰다듬자 불만이라는 듯이 눈을 흘기며 따지는 듯한 울음소리를 냈다.

"미안하다니까, 사과하는 의미로 먹을 것을 줄게."

내가 인벤토리에서 식재료 계열 아이템인 채소를 꺼내자 캐러멜 카멜은 곧바로 달려들어서 우물우물 먹어댔다.

"오, 역시 윤이 하려던 게 [조교] 센스의 길들이기였어?"

"뭐, 대충 그런 거지. 뤼이나 자쿠로 같은 계약이 아니라 사막 에어리어를 이동할 때만 힘을 빌리는 느낌으로."

예전에 감기 때문에 몸져누운 뮤우 대신 루카토 일행과 함께 공룡 평원에 갔을 때, 벨로 랩터들을 비슷한 방법으로 길들인 적이 있다.

이번 캐러멜 카멜은 다가가면 도망치려 하는 비선공 MOB이었기에 붙잡기 위해서 약간 거친 짓을 한 게 미안해졌다.

사과하는 의미도 겸해서 다양한 음식을 보여주었다.

"고기나 생선……은 흥미가 없구나. 채소나 과일, 약초 같은 건 먹어주네."

뚱한 표정으로 먹긴 했지만, 길들이기 위해 준 먹이로 인해 눈꺼풀을 감는 느낌이 달라지는 게 애교처럼 느껴졌다.

가지고 있던 식재료 아이템 등을 전부 건네주면서 반응을 조사해본 결과————.

"제일 좋아하는 건 산악 사과하고 치와본 잎이구나. 그다음으로는 생명의 물도 좋아하고. 그럼, 조금 더 먹을래?"

내가 그렇게 제안하자 캐러멜 카멜 세 마리가 눈을 반짝이며 더 내놓으라는 듯이 재촉했다.

뚱한 표정과 눈을 반짝이며 응석을 부릴 때의 갭이 꽤 귀여웠다.

그리고———.

⊪부ㅇㅇㅇㅇㅇㅇㅇㅇㅇㅇ———.⊪

셋은 음식과 수분을 충분히 섭취하고 만족한 건지, 울음소리를 낸 다음 등에 타라는 듯이 앉았다.

"해냈구나, 윤! 이제 사막 횡단이 편해지겠어!"

"바로 타보자고!"

제일 먼저 간츠가 혹 사이에 올라타자 캐러멜 카멜이 슬쩍 일어섰다.

"오옷, 확실하게 버텨주진 못하지만 타는 느낌은 그렇게까지 나쁘진 않네. 좀 걸어가 봐."

등의 털이 두꺼워서 올라탔을 때 딱 맞고, 앞뒤의 혹 사이에 끼어서 안정적인 모양이었다.

그리고 간츠의 지시에 따라 타박타박 걷는 캐러멜 카멜은 우리가 사막을 걸어가는 것보다 압도적으로 빨랐다.

"그럼, 다음은 나구나."

그 뒤를 이어 미니츠도 캐러멜 카멜 등에 탔고, 그늘에서 약간 회복된 마미 씨도 일어나서 우리를 따르게 된 캐러멜 카멜의 등을 쓰다듬었다.

"귀엽네요. 영차, 으앗……."

마미 씨가 기어 올라가서 등에 올라탔다가 균형을 잃을 뻔하자 케이가 받쳐주었다.

"혼자 타면 위험해. 나도 뒤에 타마."

"네, 네……, 부탁드릴게요."

아직 사막의 더위 때문에 얼굴이 약간 빨간 마미 씨 뒤에 케이도 타는 와중에―――.

"잠깐만 기다려, 타쿠가 아직 안 탔잖아. 나는 뤼이를 탈 테니까 간츠나 미니츠가 타쿠를 뒤에 태워줘."

타박타박 걸어다니며 익숙해지기 위해 근처에서 가볍게 돌아다니던 캐러멜 카멜 셋. 그걸 보고 내가 간츠와 미니츠에게 부탁했지만, 두 사람은 서로 얼굴을 마주보기만 했다.

"어~, 타쿠랑 남자 둘이서 타는 건 왠지 싫은데."

"그러는 윤이 타쿠랑 같이 둘이서 타면 되는 거 아니야?"

"아니, 그렇긴 한데……."

사막 에어리어의 더위로 비틀거리는 마미 씨 뒤에 케이가 받쳐주러 타는 건 어쩔 수 없지만, 뤼이 등에 타쿠를 태우게 되면 내 뒤에 밀착해서 더울 것 같았기에 싫었다.

그런 내 반응을 보고 왠지 모르겠지만 씨익 웃은 간츠와 미니츠가―――.

"자, 가자!"

"그래! 가자고!"

자신이 탄 캐러멜 카멜의 등을 때리고 멀리 보이는 역피

라미드 신기루를 향해 달리기 시작했다.

"우리도 갈까."

"네, 네…….'

그리고 그 뒤를 쫓아가듯 케이와 마미 씨가 탄 캐러멜 카멜도 달리기 시작했다.

"윤, 부탁해도 될까?"

"정말, 뒤에 달라붙으면 더운데———, 《소환》 뤼이!"

나는 뤼이를 소환해서 타쿠와 함께 등에 탔다.

"너희들, 거기 서어어어어어어어!"

그리고 사막의 대지를 힘차게 내디딘 뤼이가 간츠 일행을 쫓아가며 사막 에어리어의 오아시스를 향해 달려갔다.

●

달리기 시작한 간츠 일행의 캐러멜 카멜을 쫓아가자 금방 따라잡았다.

"정말, 갑자기 가버리지 말라고."

"미안, 미안! 그런데 정말 속도가 빠르네."

『부오오오오오오오오오오오———.』

가볍게 사과한 미니츠가 캐러멜 카멜의 등을 쓰다듬자 목을 뒤로 돌리고는 울음소리를 냈다.

걸어서 사막을 나아가는 것보다 한 발짝의 보폭이 크고, 자세도 안정적이기 때문에 지금까지보다 두 배 이상 빠르게 나아갈 수 있었다.

"남은 시간은 1시간 20분이구나, 여유가 좀 생기겠는데."

"저기, 여유가 생겼다면 잠깐 샛길로 빠지자고! 사막 에어리어의 MOB을 쓰러뜨리거나 오브젝트를 조사하거나!"

"아니, 그 정도로 여유롭진 않을 거야. 주목적인 오아시스에 도달하는 걸 가장 우선시하는 게 낫겠지."

기승 MOB들이 가로로 나란히 섰고, 간츠의 의견에 케이가 그렇게 반박했다. 타쿠까지 고개를 끄덕이자 셋이서 사막 에어리어의 횡단에 대해 이야기를 나누기 시작했다.

그런 와중에 나는 우선 뤼이를 역피라미드 신기루 방향으로 나아가게 하며 주위를 둘러보았다.

"보이는 경치가 꽤 다르네."

좀 전까지는 발치를 신경 쓰면서 걸어왔었는데, 뤼이와 낙타 등에 타고 약간 높은 시점에서 보는 사막 에어리어는 달랐다.

군데군데 있는 바위 오브젝트를 중심으로 소형 비선공 MOB들이 모여 있거나, 오아시스를 향하는 코스에서 약간 벗어난 곳에서 채굴 포인트 또는 눈에 띄는 오브젝트 같은 걸 발견할 수 있었다.

"아마 시간이 오래 걸리게끔 이렇게 배치했겠지⋯⋯."

사막 에어리어에서는 온도의 차이로 인해 활동 한계 제한 시간이 설정되어 있다.

이번처럼 걸어서 횡단하는 건 힘든 이 사막 에어리어도

뭔가 이동 수단을 마련하면 여유가 생긴다.

그럴 때 샛길로 빠질 수 있는 선택지로 오아시스로 가는 경로에서 약간 벗어난 곳에 오브젝트나 적 MOB 등을 배치했을지도 모르겠다.

아니면 오아시스까지 가는 최단 경로 근처의 적 MOB이 비선공일 뿐, 경로에서 약간 벗어나면 선공 적 MOB이 덤벼들지도.

"오브젝트에 낚여서 탐색이나 소재 채집, MOB 토벌에 시간을 끌면 사막의 활동 한계 시간이 오겠지. 그야말로 유혹인데."

내 중얼거림이 들렸는지, 타쿠와 케이에게 샛길로 빠지자고 설득하던 간츠가 입을 다물었다.

"―――윤은 그렇게 생각하는 모양인데. 간츠, 어떻게 할래?"

"일직선으로 오아시스에 가는 게 낫겠다고 생각을 바꿨어."

"그게 현명하겠지."

보아하니 타쿠네 쪽에서는 샛길로 빠지지 않고 오아시스로 가기로 결론을 낸 것 같았다.

그리고―――.

"그건 그렇고 뤼이의 등은 시원하구나. 뤼이는 사막 에어리어의 더위도 괜찮은 거야?"

내가 목덜미를 쓰다듬으며 묻자, 뤼이는 괜찮다는 듯이 울음소리를 한 번 내고는 시원스러운 표정으로 사막을 나아갔다.

물과 정화의 힘을 지닌 유니콘인 뤼이는 시원한 공기를 두르고 있기에, 등에 타고 있는 나와 타쿠도 그 은혜를 받아서 더위가 약간 누그러진 느낌이었다.

"맞다. 마미 씨, 좀 전까지 비틀거리던데 괜찮아? 뤼이의 능력 덕분에 이쪽이 조금 시원하니까 타쿠하고 교대할래?"

문득 걱정이 되어서 마미 씨에게 말을 걸자, 아직 약간 빨간 얼굴로 고개를 저었다.

"아, 아뇨! 신경 쓰지 마세요! 괜찮아요!"

"그래? 아, 그러면 이걸 쓸까? 쿨러 젤!"

내가 꺼낸 것은 합성 MOB 쿨러 젤의 핵석이었다.

소생약의 제한 해제 소재인 스노우 드롭을 재배할 때, 한랭 환경을 갖추기 위해 바람과 수속성을 조합해서 만든 합성 MOB이다.

"새로운 슬라임 아이인가요?"

"그래, 저온 환경에서 재배하는 식물을 위해서 만든 건데, 소환해볼래?"

곧바로 핵석을 건네자 마미 씨는 쿨러 젤을 소환하더니 그 시원한 느낌 때문인지 눈을 가늘게 떴다.

하지만 캐러멜 카멜을 탄 채로 평소에 데리고 다니는 애완동물인 윈드 젤까지 안고 갈 수는 없었기에 그 애는 어쩔 수 없이 핵석으로 되돌렸다.

"이 애, 기분이 좋네요. 보세요, 시원해요!"

"그렇군, 잘됐어."

그리고 마미 씨는 내게 받은 새로운 젤을 케이에게 보여주었고, 케이도 가죽 장갑 너머로 쿨러 젤을 만지며 그 시원함을 느꼈다.

훈훈한 장면에 나까지 기뻐지는 와중에 미니츠는 굿 잡! 이라는 듯 엄지손가락을 치켜들었다.

그리고 샛길로 새지도 않고 20분 정도 기승 MOB을 타고 사막의 오아시스를 향해 갔는데———.

"질렸어~! 심심해애~!"

"간츠, 시끄러워."

"그래도 말이야! 이렇게 경치에 변화가 없으니 질리잖아!"

캐러멜 카멜 등 위에서 몸을 뒤로 젖힌 간츠가 뒤에서 따라오던 미니츠에게 대답했다.

"뭐, 그렇긴 한데……."

사막 에어리어에서 활동할 수 있는 시간이 1시간도 남지 않은 상황. 조금씩 오아시스가 가까워지고 있긴 하지만, 변함이 없는 경치 때문에 질린 모양이었다.

"저기, 윤도 그렇게 생각하지 않아?"

"아니, 나는 딱히 질리지 않았는데……."

아무리 VR이라 하더라도 사막을 나아가는 건 좀처럼 경험하기 힘든 일이다. 나는 질리지 않고 즐기고 있었다.

게다가 사막 에어리어의 MOB들이 움직이는 모습을 자세히 관찰할 수 있었기에 동물원의 생태 전시를 보고 있는 것 같아서 즐거웠다.

"젠장, 맞장구를 안 쳐주네! 그렇다면 슬슬 해프닝이라도 하나쯤 일어나면 좋을 텐데!"

"재수 없는 소리 하지 마. 모처럼 순조롭게 나아가고 있는데."

"맞아, 간츠. 쓸데없는 플래그를 세울 필요는 없잖아. 그런 말을 하면 실제로 일어난단 말이야."

초특급 MOB인 그랜드 록을 올라갈 때 코카트리스 킹이 습격한다든가———.

외딴섬 에어리어로 갈 때 갤리선을 크라켄이 습격한다든가———.

실제로 지금까지 일어났던 해프닝에 대해 말하는 타쿠를 보고 쓴웃음을 지었다.

그런 일도 있었지. 그리고 뒤에 탄 타쿠 쪽을 돌아보니 우리 뒤쪽에 낯선 것이 있었다.

"응? 으응?"

"왜 그래? 윤."

"아니, 왠지 묘하게 꿈틀거리는 게······."

가늘고 꿈틀거리는 것이 모래 안에서 튀어나와 스으윽, 기듯이 우리 뒤를 따라오고 있었다.

[차광 고글]을 끼고 있었기에 [하늘의 눈]이나 [간파]처럼 시각에 의존하는 센스에 마이너스 보정이 걸려 있어 지금까지는 눈치채지 못했지만, 뒤쪽에 무언가가 있다.

"응? 뒤쪽?"

타쿠와 다른 사람들도 천천히 뒤쪽을 돌아보았고, 우리가 눈치채자 가늘고 길면서 꿈틀대던 것이 거세게 움직이며 뒤쪽의 사막이 높게 솟구치기 시작했다.

"지, 진짜로 뭐냐고!"

부풀어 올랐다가 흘러내리는 모래에 휘말리지 않게끔 뤼이와 낙타를 달리게 한 우리가 본 것은———, 거대한 메기였다.

좌우로 멀리 떨어진 동그란 눈과 두꺼운 입술을 ㅅ 자로 다문 커다란 입, 모래를 쓰다듬는 듯이 움직이는 긴 수염을 가진 대형 MOB———, 샌드 캣피쉬.

"으엑……, 입이 커다랗네. 통째로 삼켜질 것 같아."

그렇게 생각할 만큼 커다란 입을 벌리기 시작한 거대 메기의 입 안은 새까매서 아무것도 보이지 않았다.

그리고———.

"———뛰어!"

너무나도 갑작스러운 사건에 멍해졌던 나 대신 타쿠가 소리치자 뤼이와 낙타들이 온 힘을 다해 뛰어가기 시작했다.

"우오오오오오옷! 저런 게 나온다는 이야기는 못 들었다고오오오오오오!"

"이상한 플래그 세워서 거대 메기가 나타났잖아! ———《솔레이》!"

어느 정도의 스릴은 원하지만, 아무리 그래도 거대 메기에게 쫓겨서 사막을 질주하게 될 줄은 예상하지 못했다.

쓸데없이 플래그를 세운 간츠에게 화를 낸 미니츠가 한 손에 든 지팡이 끝으로 수렴광선을 날렸다.

하지만, 두꺼운 지방 외피로 뒤덮인 거대 메기는 수렴광선을 맞고도 멀쩡하게 쫓아왔다.

"우오오오옷! 다들, 한눈팔지 말고 달리게 해!"

중간중간에 여기저기 떨어진 곳에 있던 비선공 MOB들을 통째로 삼키는 거대 메기를 보고 우와……, 하는 소리를 냈지만, 마음속은 냉정했다.

"윤, 평소와는 달리 차분한 것 같은데, 뭔가 대책이라도 있는 거야?"

"아니, 예전에 마기 씨나 에밀리 양 같은 사람하고 황야 에어리어에서 비슷한 사건을 겪었던 게 생각나서."

그때는 퀘스트 아이템을 얻으려다가 전갈 형태의 MOB인 록 스콜피온에게 쫓기면서 이번처럼 도망쳤다.

"우선———, [봄], [익스플로젼]!"

옆으로 빠지며 비선공 MOB을 통째로 삼키던 거대 메기가 다시금 우리 뒤로 바짝 다가왔다. 뤼이의 등 위에서, 《기능 부여》로 공격 마법을 부여해둔 매직 젬을 떨어뜨렸다. 입을 크게 벌리며 모래째로 매직 젬을 삼킨 메기 입 안에서 폭발이 일어났고, 노르스름한 연기를 토해내며 움직임이 멈췄다.

"그렇구나. 외부에서의 공격에는 강하지만, 내부에서의

공격에는 약한 건가? 바로 도망치자!"

거대 메기는 록 스콜피온 때만큼 집요하게 쫓아오지는 않았다. 그냥 사막 횡단이 질리지 않게끔 추적자로서 나타난 것 아닐까.

어느 한쪽이 쓰러질 때까지 싸우는 게 아니라 적당히 대미지를 입혀서 움직임이 멈춘 순간에 일정한 거리를 벌리면 도망칠 수 있다는 것이다.

"휴우, 겨우 따돌린 것 같네."

"이번에는 도망칠 수 있었지만, 다음에는 쓰러뜨려 보고 싶은데."

"타쿠, 좀 봐주라……."

매우 큰 마보석에 담은 [익스플로전] 매직 젬을 여러 개나 삼키게 해서 폭발시켰는데도 HP가 거의 줄어들지 않았다.

도망치는 건 간단할지도 모르겠지만, 막상 쓰러뜨리려 하면 전력이 꽤 많이 필요할지도 모르겠다.

또 거대 메기 같은 이벤트가 벌어지지 않을지 경계하며 나아갔지만, 그 이후로는 지치기만 했고 진행 자체는 순조로웠다.

그리고 커다란 모래 언덕 하나를 넘어서자 그제야 길잡이였던 역피라미드 신기루의 본체를 볼 수 있었다.

"저게, 피라미드구나……."

"그런 것 같네. 오, 여기까지 다가오면 신기루가 사라지는 건가?"

모든 기승 MOB이 멈춰 섰고, 모두가 그 등에서 내렸다.

"오~, 정말이네. 이 모래 언덕을 경계로 신기루가 사라지는구나."

왠지 신기하단 말이지. 나는 그렇게 말하고 모래 언덕의 경계선을 왔다 갔다 하며 신기루가 사라지거나 나타나는 모습을 스크린샷에 담기 시작했다.

"아얏! 잠깐만, 뤼이, 찌르지 마, 미안하다고! 금방 갈 테니까!"

이렇게 더운 곳에 언제까지 있을 거냐는 듯이 코로 소리를 낸 뤼이가 이마에 난 뿔로 살짝 찔러댔다.

그런 나를 보고 쿡쿡 웃어대는 타쿠 일행을 원망스럽게 노려보다가도, 나는 다시 뤼이의 등에 타서 피라미드로 다가갔다.

"오~, 꽤 높네. 저기, 피라미드에───'안 들러. 마을의 포탈 등록을 먼저 해야지'───네."

당장에라도 새로운 던전인 피라미드에 도전하고 싶어 하는 간츠. 하지만 케이가 딱 자르자 의기소침해졌다.

그리고 피라미드를 우회하듯이 나아가자 주변의 변화가 느껴졌다.

"왠지 조금 시원해졌네요."

"그럼 오아시스가 가까워진 건지도 모르겠는데."

마미 씨와 케이가 가장 먼저 변화를 느꼈고, 그 뒤를 이어 나도 메마른 사막 에어리어에서 습기를 머금은 바람을 느꼈다.

"오, 다들 보라고! 사막의 카운트다운이 사라졌어!"

메뉴에 떠 있었던 사막에서의 활동 한계 시간을 나타내는 카운트다운이 사라졌다. 이제 MOB이 나타나지 않는 세이프티 에어리어로 들어온 모양이었다.

그리고 우회한 피라미드 건너편에서 그제야 오아시스를 찾아냈다.

"여기가 오아시스구나. 꽤 활기가 넘치는 느낌인데."

"윽, 타쿠, 좀 답답해……."

뒤에 탄 타쿠가 내 머리 너머로 몸을 앞으로 기울였기에, 보기 편하게끔 고개를 약간 숙인 다음에 나도 오아시스를 바라보았다.

피라미드 한구석에서 배출되는 대량의 물이 오아시스에 모이고, 그 주위에 방사림 나무들이 오아시스를 둘러싸듯 늘어서 있었다.

그리고 그 오아시스에서 물을 끌어 오는 건지 돌로 이루어진 네모난 마을도 옆에 있었다.

오아시스 주위의 지면에는 사막과는 전혀 다를 정도로 선명하고 진한 녹색 풀이 자라나 있었다.

강한 적 MOB과는 거의 싸우지 않았지만, 사막 에어리어의 환경과 시간 제한 기믹은 힘들었다.

그럼에도 불구하고 우리는 사막을 횡단해서 오아시스에 도착하는 데 성공했다.

## 3장 오아시스 도시와 선플라워

간츠와 다른 사람들을 태워다 준 캐러멜 카멜은 오아시스 가장자리에 도착해서 물을 마신 다음, 그 주위에 자라난 풀을 먹고 있었다.

그 캐러멜 카멜 위에서 내린 간츠와 다른 사람들이 노고를 치하하듯 목덜미를 쓰다듬으며 말을 걸자 기쁜 듯이 울음소리를 냈다.

풀이 자라난 오아시스 주위를 둘러본 나는 오아시스 가장자리에 앉아서 한숨을 내쉬었다.

"선플라워는……, 없네. 짐작이 빗나간 건가?"

애초에 사막 에어리어로 온 건 소생약의 제한 해제 소재인 [선플라워 씨유]를 찾기 위해서였다.

보아하니 꽃으로 보이는 건 없었기에 살짝 낙담했다.

"미안해. 희망을 줘서 데리고 왔는데 없어서."

사막 에어리어로 가자고 제안했던 타쿠가 그렇게 말했지만, 나는 고개를 저었다.

"아니, 찾아내지 못한 건 아쉽지만, 오아시스에 없다는 걸 알아낸 것만으로도 수확이지! 다음에는 다른 곳을 찾으면 되니까!"

살짝 반동을 이용해서 일어난 나는 타쿠에게 미소를 보였다.

"그리고 아직 오아시스 마을 안을 조사해보지도 않았으니까. 그쪽까지 조사해봐야지."

오아시스에서 물을 끌어 오는 오아시스 도시와, 흘러나간 물이 형태를 이룬 강이 사막 에어리어의 남쪽으로 뻗어 있는 모양이었다.

선플라워를 찾을 겸 그쪽까지 가볼 생각이다.

"그래. 그래도 지금은 쉬자고. 역시 사막 에어리어를 횡단하니까 지쳤어~."

타쿠는 위쪽을 보며 제자리에 누웠고, 그걸 본 나는 쓴웃음을 지었다.

간츠도 사막의 더위에서 해방되기 위해 부츠를 벗어 던진 뒤 오아시스에 뛰어들었고, 미니츠와 마미 씨도 물에 발을 담그며 몸을 식혔고, 케이도 머리에 물을 뒤집어썼다.

그리고 오아시스의 물을 마시고 풀을 먹은 캐러멜 카멜들이 내게 응석을 부리려는 듯이 다가왔다.

"캐러멜 카멜. 여기까지 데려다줘서 고마워."

『부오오오오오오오오———.』

우리를 사막의 오아시스까지 데려다준 캐러멜 카멜들에게 고맙다는 인사를 하며 산악 사과를 건네자 기쁜 듯이 먹고는 내 긴 머리카락을 살며시 깨물었다.

그리고———.

『부오오오오오오오오———.』

언젠가 벨로 랩터들을 길들였을 때처럼 입가를 우물거리

다가 무언가를 토해냈다.

"으앗?! 이건, 역시 피리구나. 그것도 두 개나 주는 거야?"

**사막 낙타의 옹기 피리 [도구]**
**캐러멜 카멜 무리를 부를 수 있으며, [사막 에어리어] 한정으로 협력받을 수 있다.**
**단, 협력을 받기 위해서는 식량과 물 아이템이 필요하며, 젖을 짤 수도 있다.**

비둘기 피리 같은 옹기 피리이긴 하지만 모양이 낙타 형태였다. 시험 삼아 불어보니 피리에서 『부오오오오오오오오———』하는 굵은 울음소리가 울렸다.

대충 예상하고 있긴 했지만, 예전에 발견했던 벨로 랩터들을 불러내는 피리와 같은 계통의 아이템인 것 같았다.

"뭐야? 윤, 또 재미있는 일이 벌어졌네."

"재미있다고 해야 하나, 기쁘지. 앗, 피리는 하나만 있으면 되니까 다른 하나는 타쿠에게 줄게."

낙타의 피리는 여러 개를 가지고 있을 필요가 없기에 하나를 타쿠에게 건넸다.

사실 사막을 횡단할 때는 뤼이만 있으면 충분하지만, 벨로 랩터를 불러낼 수 있는 피리에는 없던 신경 쓰이는 문구가 낙타 피리에 있었다.

"너희들, 젖을 짤 수 있어? 좀 줄래?"

『부오오오오오오오오———.』

세 마리 중 한 마리가 알겠다는 듯이 내 앞으로 다가와서 몸을 옆으로 틀었다.

그 캐러멜 카멜 앞에 몸을 숙인 나는 젖을 발견했다.

[생명의 물] 같은 체액 채집용 용기를 준비하고 젖을 부드럽게 짜자 [사막 낙타의 카멜 밀크]가 용기에 담기기 시작했다.

"윤, 왠지 익숙하네……."

"그래? 사실 알고 지내는 [조교] 플레이어의 아이언 카우의 젖을 짜본 적이 있거든."

[조교] 센스를 통해 동료로 만들 수 있는 사역 MOB 중 일부에는 음식 등을 줌으로써 부산물인 아이템을 만들어내는 MOB들이 있다.

레티아의 윌 오 위스프라면 약초를 흡수시켜서 [인혼 결정], 라나 버그라면 금속 광석이나 주괴를 먹여서 금속 실, 요정 MOB들이라면 [요정의 비늘가루]를 뿌리는 등———.

그런 부산물을 주는 사역 MOB 중 하나인 아이언 카우의 젖을 짜본 적이 있는 것이다.

내가 그 이야기를 신이 나서 하자 타쿠가 흥미로운 듯이 들어주었다.

"응? 타쿠, 왜 그래? 그렇게 따스한 눈빛으로 보고."

"내가 모르는 곳에서 윤도 이것저것 하고 있구나 싶어서."

약간 부끄러워진 나는 조용히 캐러멜 카멜의 젖을 짰다.

이윽고, 보존용 용기 두 개 분량과 음료용으로 나눈 병 10개 분량의 [사막 낙타의 카멜 밀크]를 손에 넣었다.

"낙타의 밀크하고 평범한 우유는 어떻게 달라?"

카멜 밀크는 약간 푸른 기가 도는 흰색이었고, 냄새도 우유와 별 차이가 없는 것 같았다.

현실에서는 끓여서 소독할 필요가 있겠지만, VR이기에 손에 묻은 카멜 밀크를 곧바로 핥아서 맛을 보았다.

"낙타의 젖은 처음 들어봤는데, 어떤 맛이야? 윤."

누워있던 타쿠가 윗몸을 일으키고는 카멜 밀크를 맛본 내게 물었다.

"음~. 우유보다 좀 진한가? 생크림 같아. 그리고 약간 소금기가 있는데?"

그냥 마시기보다는 무언가에 타 먹는 게 더 맛있을 것 같은 느낌이었다.

"과자에 넣는 우유 대용품이려나. 이 밀크의 소금기가 과자의 단맛을 더 살려줄지도 몰라. 그리고 진하니까 카페오레 같은 거에도 좋을 것 같고."

그런 생각을 떠올린 나는 그 자리에 야외 조리용 테이블 등을 인벤토리에서 꺼내 펼쳤다.

"윤 씨, 뭐 하시는 건가요?"

"잠깐 [요리]를 좀."

[요리] 센스를 장비하고 간단한 풍로와 주전자, 그리고 커

피 가루를 꺼냈다.

"뤼이, 주전자에 물을 담아줘."

빈 주전에게 뤼이가 물덩이를 떨어뜨리자 그것을 가열했다.

그리고 끓인 물로 진한 커피를 탄 다음, 거기에 설탕을 탔다.

"윤, 왜 야외에서 커피 같은 걸 끓이는 거야? 아니, 애초에 왜 커피 가루 같은 걸 가지고 있는 건데?"

보통은 아이템인 커피를 인벤토리에 넣지 않나? 그렇게 의아한 듯한 눈빛으로 바라보는 타쿠에게 내가 설명했다.

"커피를 끓이는 방식이 건조시킨 약품으로 포션을 만드는 페이퍼 드립하고 똑같으니까 그걸 적용했을 뿐이야. 커피 가루는 클로드에게 받았고."

클로드의 가게인 [콤네스티 카페 양복점]에서 코스프레 장비를 입고 일을 도왔을 때, 차와 커피 같은 것들을 받았다.

여기에 카멜 밀크를 잘 섞어서 만들게 되면 다음에 클로드에게 정보와 함께 가져다줄까. 그런 생각을 하며 진하게 탄 달콤한 커피를 완성시켰다.

"으엑……, 더운 사막에서 뜨거운 커피를."

"뭐, 그 부분은 수고를 한 번 더 들여야지."

보고 있기만 해도 땀이 흐를 것처럼 뜨거운 커피를 보며 질색하는 미니츠. 쓴웃음을 지으며 카멜 밀크를 따라서 커피 우유를 만들기 시작했다.

뜨거운 커피에 상온인 카멜 밀크를 섞긴 했지만 사막에서 마시기는 아직 미지근할 것이다.

그 커피 우유를 음료용 병에 따르고 뚜껑을 덮었다.

커피를 진하게 끓였기에 얼마 안 되는 카멜 밀크로도 커피 우유를 10병 정도 완성할 수 있었다.

그런 다음———.

"뤼이, 이 냄비에 다시 물을 채워줄래? 이 정도까지."

고개를 끄덕인 뤼이가 음료용 병이 3분의 2 정도 잠길 만큼 냄비에 물을 부었고, 나는 그 안에 아직 미지근한 커피 우유를 담근 다음 어떤 것을 냄비의 물에 흘려 넣었다.

흘려 넣은 액체가 냄비의 물과 뒤섞이자 서서히 냄비의 물이 얼어붙기 시작했다.

"윤, 그거, [빙결액]이야?"

"맞아. 뮤우가 이렇게 음식을 식히는 노점이 있다고 가르쳐줬거든."

미니츠가 한 말에 대답한 나는 마법약인 [빙결액]으로 냄비의 물을 얼렸다.

스노우 드롭의 실내 재배 방법을 모색하던 중에 뮤우가 가르쳐준 냉각 방법이다.

[아트리엘]에서 요리를 할 때는 냉장용 아이템 박스 같은 게 있기 때문에 필요가 없지만, 이렇게 나와서 즉석 요리를 할 때는 편리하다는 걸 깨달았다.

"오~, 얼음이다, 얼음. 사막에서도 얼다니, 대단하네~!

차가워~!"

"간츠, 장비라도 제대로 갖추고 와라."

상반신 알몸 상태로 오아시스에서 헤엄치던 간츠가 돌아와 얼어붙은 냄비의 측면에 손을 뻗으며 신이 나서 떠들어댔다.

케이가 주의를 줘도 떨어지려 하질 않네.

일반적인 얼음이라면 사막 에어리어의 더위 때문에 금방 녹아버리겠지만, [빙결액]의 얼음은 주우의 상황에 좌우되지 않고 10분 동안은 계속 남기 때문에 충분히 안에 들어 있는 것을 식혀준다.

그리고 10분이 지나자 커피 우유가 충분히 식은 상태로 완성되었다.


**카멜 밀크의 커피 우유 [음식]**

**만복도+20%, 추가 효과 [열기 내성(소)] / 60분**


보아하니 카멜 밀크를 요리에 사용하면 효과가 약하긴 하지만 오랫동안 [열기 내성]을 부여할 수 있는 것 같다.

쿨 드링크보다 [열기 내성]의 지속 시간이 길고 장비나 센스 같은 내성과도 중첩된다.

쿨 드링크의 민트 같은 쌉쌀한 맛을 싫어하는 사람도 대신 마실 수 있는 물건이 나타났으니, 자신의 취향대로 맛을 고를 수 있게 될지도 모르겠다.

그렇게 완성한 커피 우유를 모두에게 나누어주었다.

"다들 마음대로 마셔도 돼~!"

"좋았어~, 잘 먹겠습니다~!"

곧바로 간츠가 시원해진 커피 우유 뚜껑을 열고 단숨에 마시기 시작했다.

좀 전까지 오아시스에서 반라 상태로 헤엄치다가 왔기에 목욕을 하고 나온 것처럼 보이기도 했다.

"오, 달고 맛있네……."

"그리고 차가워서 기운이 나네요."

미니츠와 마미 씨는 차가운 커피 우유병을 두 손으로 잡고 몸을 식히며 아깝다는 듯 커피 우유를 조금씩 맛봐주고 있었다.

한편, 마찬가지로 커피 우유를 마신 타쿠와 케이는━━━.

"꽤 맛있네. 낙타 젖이라는 건 말 안 해주면 모르겠는데."

"……미안하군. 한 병 더 마셔도 되겠나?"

타쿠는 눈앞에서 캐러멜 카멜의 젖을 짜는 모습을 보았기에 약간 껄끄러운 것 같았지만, 막상 마셔보니 맛있었던 모양이다.

케이도 조용히 묵묵하게 마시다가 사막이 더워서 금방 목이 말라버렸는지 미안하다는 듯이 한 병 더 달라고 했다.

정말 입에 잘 맞았나 보네. 쓴웃음을 지으며 한 병 더 건넨 다음, 나도 커피 우유를 마셔보았다.

"아~, 시원하네……, 그리고 맛있어."

여름에 마시는 아이스 카페오레처럼 가볍게 마실 수 있었다.

카멜 밀크는 아직 많이 남아있기에 바닐라 아이스를 만들거나, 설탕을 넣고 냄비에 끓여서 캐러멜로 만드는 등, 써먹을 방법을 생각하니 꿈이 펼쳐졌다.

『부오오오오오오오오오오오───.』

"오, 너희들은 이제 가려고? 젖이 필요하게 되면 또 부를 테니까 그때는 잘 부탁할게."

"여기까지 데려다주셔서 감사합니다."

나와 마미 씨가 캐러멜 카멜을 한 마리씩 쓰다듬어준 다음, 세차게 사막으로 뛰어가는 모습을 바라보았다.

"뤼이도 고생했어. ───《송환》."

노고를 치하하는 말을 건네자, 뤼이도 응석을 부리듯 목덜미를 비벼댄 다음 소환석으로 돌아갔다.

"그럼, 오아시스 도시로 가볼까."

"그래!"

그리고 오아시스 가장자리에서 충분히 쉰 우리는 오아시스에서 물을 끌어다 쓰고 있는 수로를 길잡이 삼아 도시 안으로 들어갔다. 도시 안은 사막 한복판 같지 않을 정도로 NPC들의 활기가 넘쳐나고 있었다.

●

"사막의 도시 같지 않은데."

도시 안에 오아시스의 물을 끌어온 수로가 가로질렀고, 사막과 마찬가지로 노란색인 건물에는 선명한 색 염료로 물들인 무늬나 장식이 되어 있었고, 처마에는 햇빛을 가려주는 천이 걸려 있었다.

사막의 도시 NPC들도 햇빛을 막아주는 터번이나 베일 같은 것들을 쓰고 있었고, 그런 모습이 사막의 이국적인 느낌을 드러내 주고 있었다.

"오~, 대단하네."

오아시스에서 물을 끌어온 수로를 시선으로 따라가 보니 수경 재배를 하고 있었다. 도시 안에 파란 오이나 수박, 멜론 같은 작물이 늘어서 있었다.

"그러게. 사막 도시라는 말을 듣고 적막할 줄 알았는데, 꽤 활기가 넘치고 있어."

내 옆에 나란히 선 타쿠는 오아시스 도시의 활기에 놀라면서 큰길을 나아갔다.

간츠와 다른 사람들도 오아시스 도시의 분위기에 소리 내어 감탄하면서 여기에 도달했다는 사실을 기록하기 위해 포탈을 찾아다녔다.

떠들썩한 NPC의 모습에 눈길을 보내며 큰길을 나아가자, 오아시스에서 끌어온 물을 이용한 거대 분수와 궁전 앞에 포탈이 있었다.

"오~, 대단하네……. 저 궁전 안을 보고 싶은데."

우리는 올려다본 궁전의 크기에 압도되었다. 높은 벽으로 가로막힌 데다 문은 굳게 닫혀 있었다.

"재미있을 것 같긴 한데, 정면으로 들어갈 순 없겠어."

"그러네……."

궁전 앞에는 병사 NPC들이 입구를 경비하고 있었기에 간단히 안으로 들어갈 순 없을 것 같았다.

"이 도시의 퀘스트를 받으면 들어갈 수 있게 될지도 모르겠지만, 최악의 경우에는 숨어들어 갈까?"

"아니, 나는 느긋하게 내부를 구경하고 싶을 뿐이니까……."

나는 그냥 관광을 하고 싶을 뿐이고, 병사에게 쫓기는 상황을 겪고 싶진 않다.

"뭐, 궁전 쪽도 나중에 조사해보도록 하고, 우선 포탈을 등록하자고."

"알겠어."

우리는 차례차례 포탈에 손을 대고 등록했다. 이제 언제든 오아시스 도시로 이동할 수 있게 되었다.

그리고 타쿠가 돌아보았다.

"이제 여기서 정보를 수집할까? 윤은 선플라워를 찾아볼 거지?"

"나는 그럴 생각인데, 다른 사람들은 어떻게 할 거야?"

간츠와 다른 사람들이 서로 마주 보고는 차례대로 하고 싶은 것에 대해 말했다.

"나도 이 도시를 좀 구경하고 다니고 싶은데."

"나도 노점 같은 NPC 가게를 둘러보고 싶어."

간츠와 미니츠는 도시를 산책하는 쪽에 흥미가 있는 것 같았다.

"저는, 그, 좀 피곤해서 오늘은 이제 로그아웃할까 해요."

한편, 오아시스에서 쉬긴 했지만 여전히 피곤해 보이는 마미 씨는 이제 쉬려는 것 같았다.

"마미, 괜찮아? 무리하진 마. 나는 사막을 횡단하느라 장비가 좀 불안하니까 제1마을로 돌아가서 조정할 생각이야."

케이가 그렇게 말했다. 그렇다면 오아시스 도시에 남아서 계속 산책을 할 사람은 나와 타쿠, 간츠, 미니츠까지 네 사람뿐인 것 같다.

"그럼, 고생하셨어요."

"먼저 돌아가도록 하지."

"마미 씨하고 케이도 고생했어."

우리는 두 사람이 떠나는 모습을 바라본 뒤 어떻게 할지 다시 의논했다.

"그럼 나머지 넷이서 오아시스 도시의 주변을 조사하게 될 텐데, 넷이 뭉쳐서 돌아다니는 건 효율이 안 좋으니까 둘로 나눌까?"

"찬성~! 그럼, 윤! 나랑 같이 가!"

"이럴 때는 여자애들끼리 다니는 게 정석이잖아? 자, 윤, 나랑 같이 가자!"

타쿠의 제안에 간츠가 기운이 넘치는 목소리로 찬성했지

만, 미니츠도 끼어들었다.

"저기……."

왠지 모르겠지만 나를 두고 경쟁하며 서로 노려보는 간츠와 미니츠. 나는 당황한 채로 두 사람의 기대 어린 눈초리만을 느꼈다.

어느 한쪽을 골라줬으면 좋겠다, 라는 마음이 느껴지네. 그래도 이 와중에 타쿠가 의아하다는 듯이 이쪽을 보고 있어서———.

"……익숙한 조합이니까, 나는 타쿠랑 같이 갈게."

"뭐어어어어엇! 타쿠에게 졌어어어어어!"

"뭔가, 당연한 결과라고 해야 되나……."

간츠가 머리를 감싸 쥐며 소리를 질렀고, 미니츠가 납득했다는 듯한 표정을 지었다.

"그룹 나누기는 끝났으니까, 무슨 일이 생기면 연락하라고!"

조합이 정해지자 나와 타쿠는 간츠, 미니츠와 헤어져서 곧바로 오아시스 도시를 산책하기 시작했다.

"윤, 선플라워를 찾을 만한 단서로 짐작되는 게 있어?"

타쿠가 묻자 나는 턱에 손을 대고 끙끙대며 오아시스 도시를 둘러보았다.

그리고 NPC 가게에 진열되어 있던 채소 등을 보고 생각난 장소를 말했다.

"역시 선플라워는 식물이니까, 있다고 한다면 밭이나 물가 근처려나."

"알겠어. 그렇다면 도시의 수로를 따라가도록 할까."

그렇게 우리는 오아시스 도시에 깔린 수로를 따라 걸었다.

NPC들이 키우고 있는 채소밭을 바라보면서 가끔 NPC에게 선플라워에 대해 물었다.

『선플라워? 이 근처는 기후가 열악하고 농지도 별로 없으니까 먹지도 못하는 꽃을 키울 만한 여유는 없는데.』

『기름을 짤 때 쓰는 씨? 우리는 밤에 서쪽의 검은 샘에서 불타는 물을 길어다가 쓰고 있으니까 필요가 없어.』

"그, 그런가요……."

그리고 NPC 몇 명에게 이야기를 듣다 보니 아무래도 사막 에어리어에는 선플라워로 보이는 게 없는 것 같았다.

하지만, 그 대신에 귀중한 정보를 얻을 수 있었다.

"저기, 윤. 좀 전에 검은 샘에서 길어온 불타는 물이라는 거, 석유 같은 거겠지?"

"아마 그럴 것 같아. 새로운 생산 소재라면 다음에 채집하러 가야겠는데."

그렇게 정신을 차리고 보니 나와 타쿠는 도시 남쪽으로 나왔다.

오아시스나 도시의 수로에서 흘러나온 물이 남쪽 강가로 흘러서 바다까지 나가는 모양이었다.

NPC 뱃사람들이 배 위에서 낚시를 하고 있는 한편, 강가에서 몸을 웅크리고 있는 2인조 플레이어를 발견했다.

"오? 오토나시? ……그리고 랑그레이?"

내가 말을 걸자 그 두 사람이 고개를 들고는 우리에게 손을 들었다.

두 사람은 세이 누나가 서브 마스터를 맡고 있는 길드, [팔백만]의 생산직이다.

"둘 다 여긴 무슨 일로 왔어?"

"당연히 미카즈치 씨 일행을 따라왔지! 사막을 횡단하는 건 힘들었지만 말이지. 윤도 여기서 광석을 모으러 온 거야?"

열기 대책용 모자를 쓴 랑그레이가 그렇게 묻자 나는 고개를 저었다.

"아니, 좀 전에 오아시스에 도착한 참이고 선플라워라는 아이템을 찾고 있는데, 광석을 모은다니?"

내가 되묻자 오토나시가 들고 있던 바닥이 넓고 얕은 목제 그릇 안에 강가의 모래를 넣어서 보여주었다.

"강의 모래에서 금속 자갈을 찾고 있었어. 목표는 백금이고."

그릇으로 떠올린 모래를 헤치자 자그마한 금빛 자갈──금 자갈을 손에 넣을 수 있었다.

이야기를 들어보니 이 오아시스 도시의 강가에서는 귀금속 계열 아이템의 자갈을 얻을 수 있는 모양이었다.

거의 대부분이 은이나 금이고, 극히 드물게 희귀 금속 소재인 백금을 손에 넣을 수 있다고 한다.

같은 종류의 금속 자갈을 10개 모아서 화로에 녹이면 주괴로 만들 수 있다.

"뭔가 사금을 캐는 것 같네."

"뭐, 그렇긴 하지."

두 사람을 보고 타쿠가 그렇게 중얼거리자 둘 다 맞는 말이라며 큭큭큭, 웃어댔다.

하지만 실제로는 사막의 고운 모래 안에 탁구공 크기의 금속 자갈이 섞여 있기 때문에 현실처럼 세세하게 찾아볼 필요는 없다.

그런 부분은 게임답다고 할 수 있을 것 같다.

"나는 조금사니까. 백금 액세서리를 만들기 위해서 백금 주괴가 필요하거든."

"호오, 백금은 어떤 효과가 있는데?"

"백금은 신체 계열 상태이상 내성을 강화해주는 성질이 있지."

예를 들어 일반적인 액세서리에 [독 내성(중)] 추가 효과를 부여한다고 하자.

백금제 액세서리에 똑같은 추가 효과를 부여할 경우, 한 단계가 강화되어 [독 내성(대)]로 바뀐다고 한다.

현실에서도 백금은 자동차의 배기가스 등의 정화 촉매에 쓰이는 모양이니 그런 부분에서 모티브를 따온 건지도 모르겠다.

"오, 그렇구나. 오토나시도 백금으로 칼을 만들 거야?"

"아니. 백금은 부드러우니까 무기로 만든다 하더라도 나는 마법사가 쓰는 지팡이 장식 정도로만 쓰겠지. 하지만 나중에 랑그레이에게 숫돌을 찾는 걸 도와달라고 할 예정이라 나도 도와주고 있어.”

그렇게 말하며 다시 강가의 모래를 떠올린 오토나시는 그 중에서 찾아낸 은색 자갈을 랑그레이에게 던져서 건네고 있었다.

“오, 이제 백금 자갈이 28개째! 운이 좋은데! 오토나시가 숫돌을 찾을 때는 내 다이아몬드도 같이 찾을 거니까. 벌써부터 기대가 된다고.”

“……백금하고 숫돌, 다이아몬드라.”

좀 전에 거리에서 들었던 불타는 물과 합치면 꽤 재미있을 것 같은 소재였기에 가슴이 두근거렸다.

“소재를 채집하러 같이 갈래? 일손이 많으면 더 많이 채집할 수 있을 텐데.”

“으음~. 초대해줘서 기쁘긴 한데, 이 근처를 좀 더 둘러보면서 내가 찾는 아이템이 있는지 조사해볼래.”

랑그레이의 제안은 고마웠지만, 아직 선플라워가 있는지 없는지도 모르는 상황이다.

그걸 조사해본 뒤에도 늦진 않을 것 같다.

“그렇구나……, 우리는 한동안 이곳 사막 에어리어에서 소재를 모으고 있을 테니까, 연락을 주면 소재를 채집할 수 있는 곳으로 안내해줄게.”

“고마워. 그럼 간다.”

백금을 찾고 있던 오토나시, 랑그레이와 헤어진 나와 타쿠는 그대로 오아시스의 강을 따라 걸어갔다.

"윤, 소재 채집을 거절해도 되는 거야? 나 혼자서도 선플라워가 있는지 없는지 정도는 알아볼 수 있는데."

"으음~. 새로운 소재가 끌리긴 하지만, 역시 타쿠에게 전부 떠넘기는 건 아닌 것 같거든."

그래서 원래 목적대로 선플라워를 찾으면서 마을 주변을 돌아볼 생각이다.

그리고 강을 따라 멀어져가던 우리를 보고 뭔가 생각났는지, 급하게 일어선 랑그레이와 오토나시가 소리를 지르며 가르쳐 주었다.

"이 강 끝은 바다로 이어져 있어! 우리 길드 멤버가 [OSO 어업조합]의 갤리선을 봤다고 했고! 혹시나 있을지도 몰라!"

"가르쳐줘서 고마워!"

나는 랑그레이에게 손을 들며 대답했다.

"[OSO 어업조합]이라……, 시치후쿠네도 꽤 이것저것 보고 다니니까. 선플라워의 정보 같은 걸 가지고 있을지도 모르고, 만나러 가볼까."

"그래. 강을 따라 가면 바다에 도착하려나?"

오아시스 도시에서 멀어지자 활동 시간 카운트다운이 시작되었다.

중간에 NPC 뱃사람이 조종하는 배가 강을 내려가는 걸 보고 거기에 태워달라고 한 다음, 사막 에어리어 남쪽 해안으로 향했다.

"그건 그렇고, 사막은 정말 식물의 낌새가 느껴지질 않네……, 오, 진짜로 바다가 보여."

배를 타고 느긋하게 경치를 바라보았지만, 선플라워 같은 식물은 보이지 않았다.

바다에서 불어오는 바람에 밀려온 모래가 쌓여서 생긴 작달막한 모래 언덕. 그것이 해안에 맞닿은 채 뻗어 있었다.

그걸 넘어간 곳에 있는 바다와 사막이 만나는 광경은 재밌어 보였다.

"시치후쿠네는…… 이 근처에 없는 것 같네."

NPC가 조종하는 배에서 내린 나는 고글을 끼고 [하늘의 눈]으로 주위를 둘러보았지만, 갤리선 같은 건 보이지 않았다.

"먼저 포탈을 등록하고 나서 느긋하게 모래사장을 찾아보자고."

타쿠가 손가락으로 가리킨 곳에는 사막 에어리어 북부에 있던 끄트머리가 뾰족한 돌기둥 오브젝트, 오벨리스크와 똑같은 것이 있었다.

저게 길잡이가 별로 없는 사막 에어리어의 공통 심볼이겠지. 저 바로 아래쪽 근처에도 전이용 포탈이 있을 것이다.

타쿠와 함께 사막 에어리어 모래사장을 걸었다. 해안 에어리어나 외딴섬 에어리어에 비하면 생물의 낌새는 느껴지지 않았지만, 발치의 모래를 보니 군데군데에서 [채굴] 포인트가 반응을 보였다.

"모래를 좀 파내볼까."

사막을 횡단할 때는 시간 제한 때문에 느긋하게 [채굴] 포인트를 파내지 못했지만, 오아시스에 도착했고, 해안 쪽 포탈도 근처에 있기 때문에 삽으로 모래를 파냈다.

"윤, 뭐라도 도와줄까?"

"아니, 괜찮아. 금방 끝나니까."

푸욱, 푸욱, 모래를 파내자 모래 안쪽에서 자그마한 덩어리가 몇 개 나타났다.

"오, 뭐지? 이건———, 유리인가?"

"데저트 글래스 덩어리라는데———."

고글을 만들 때 쓴 [요정 유리]와는 다른 타입의 유리 계열 아이템이다.

황록색이 들어가 있는 그 색유리 덩어리는 굳이 말하자면 액세서리를 장식하는 보석 계열 아이템에 가까워서, 연마하면 정말 아름다워질 것 같았다.

그리고 설명 문구에는———, '운석 낙하의 충격으로 인해 융해된 사막의 모래가 식어서 굳은 천연 유리. 우주의 신비가 그 돌에 깃들어 있다'라고 적혀 있었다.

"운석의 충돌로 인해 생겨난 유리라……, 로망이지……."

사막의 모래와 부딪혀서 깎인 건지, 둥그스름한 데저트 글래스 덩어리를 바라보았지만, 차광 고글의 색이 방해해서 제대로 즐길 수가 없었다.

그래서 [하늘의 눈] 센스와 고글을 빼고는 햇빛에 들어 올려서 부드러운 황록색 유리를 바라보았다.

"자, 윤. 가자."

"그래, 알겠어!"

타쿠가 불러서 급하게 쫓아갔지만, 좋은 소재를 찾아낼 수 있었다.

오토나시와 랑그레이도 다양한 소재에 대해 가르쳐주었는데, 나도 데저트 글래스라는 소재를 발견했으니 나중에 가르쳐줘야겠다.

그렇게 오벨리스크 옆에 있던 포탈을 등록한 다음, 타쿠와 함께 유리를 주우면서 해안을 따라 계속 걸어갔고, 드디어 시치후쿠네 길드의 갤리선을 발견했다.

●

"이봐~, 시치후쿠 있어~?"

[OSO 어업조합]의 갤리선을 향해 타쿠가 말을 걸자 잠시 후에 배의 갑판에서 시치후쿠가 뛰어내렸다.

"오~, 타쿠하고 윤이잖아! 이런 곳에는 무슨 일이야?!"

모래사장에 내려선 시치후쿠가 놀라면서도 기쁜 듯이 우리를 맞이해 주었다.

"[팔백만]의 길드 멤버가 시치후쿠네 갤리선을 봤다고 가르쳐줬거든. 뭘 좀 찾는 김에 만나러 온 거야."

그렇군, 그렇군, 하고 하얀 이빨을 드러내며 웃는 시치후쿠를 따라 갤리선 갑판으로 올라갔다.

모래사장까지는 사막의 활동 시간 제한이 걸리는 상태였지만, 갑판———, 아니, 바다 위는 사막의 범위가 아닌지 카운트다운이 사라졌다.

"우선, 손님 대접용 차하고 과자여. 우리 요리사들이 만들어준 거인디."

"앗, 고마워……."

시치후쿠가 내준 것은 달콤한 아이스티와 초콜릿으로 코팅된 땅콩 과자였다.

의외로 맛있어서 오독오독 먹어버리는 나를 곁눈질하며 타쿠가 시치후쿠와 잡담을 하기 시작했다.

"그러고 보니까, 시치후쿠네는 바다 쪽에서 사막 에어리어로 온 거야?"

바다에서 해안으로 올 수 있다면 그렇게 고생하면서 사막을 횡단하지 않았어도 되었을 텐데. 타쿠의 소박한 질문을 듣고 내가 그렇게 생각하자 시치후쿠가 쓴웃음을 지으며 부정했다.

"그렇게 간단한 것이 아니여. 일단은 사막 에어리어로 들어올라믄 보스를 쓰러뜨려야제. 안 그라믄 조류에 밀려나부니께."

보아하니 사막 에어리어로 침입하는 조건인 에어리어 보스, 암피스바에나를 쓰러뜨려야만 바다에서도 올 수 있는 것 같았다.

"그리고 결국에는 사막 에어리어를 탐색할라믄 한 번은 사막을 횡단해야 되니께……, 벌써부터 우울해야."

암피스바에나를 쓰러뜨린 곳 근처에 있는 북쪽과 모래사장과 인접해 있는 남쪽, 오아시스에서 강을 거슬러 올라가서 도착한 오아시스 도시, 이렇게 세 군데 포탈은 쉽사리 등록할 수 있었지만, 결국 동서의 포탈을 등록하기 위해서는 사막을 횡단해야 하는 것 같았다.

"뭐, 그러니께 사막 에어리어 근해에서 낚시하고 잠수를 하고 있제. 외딴섬 에어리어하고는 다른 적이나 아이템을 낚을 수가 있어가꼬 재미있당께!"

그렇게 말하는 도중에도 [OSO 어업조합] 멤버가 턱이 튀어나온 듯이 뾰족한 물고기를 낚거나 여러 명이 악어 형태의 MOB을 갑판으로 끌어올려서 싸우는 모습이 보였다.

"근디, 타쿠하고 윤이 찾는 물건이라는 게 뭐당가? 이 모래사장 근처믄 대충 조사해 봤응께 가르쳐줄 수 있는디!"

"고마워. 실은 [소생약]의 제한 해제 소재인 [선플라워 씨유]라는 아이템을 찾고 있거든."

"일단은 1주년 업데이트로 추가된 아이템인 것 같은데. 거의 탐색이 진행되지 않은 사막 에어리어를 우선 염두에 두고 찾으러 온 거야."

나와 타쿠는 그랬는데도 찾아내지 못했다고 말하면서 꽤 중독성이 있는 초코 과자를 먹었다.

안에 든 땅콩의 식감이 또 먹고 싶어지게 만든다.

그런 우리를 본 시치후쿠가 곤란하다는 듯이 시선을 이리 저리 움직였다.

"아~, 아쉽게도 사막 에어리어에는 선플라워가 없는디."

"역시나……."

나는 갑판 위에서 하늘을 올려다보며 그렇게 중얼거렸다.

불모지대 같은 사막 에어리어에는 식물 계열 소재가 별로 없고, 오히려 광석 계열 소재가 많이 발견되었기에 대충 그런 예감이 들긴 했다.

하지만 타쿠는 시치후쿠가 한 말에서 무언가를 느꼈는지, 다시 물었다.

"저기, 시치후쿠……, '사막 에어리어에는'이라고 하던데, 혹시 어디 있는지 아는 거야?"

"앗?! 정말이야?! 어디 있는지 알고 있다면 가르쳐줘!"

내가 마구 다그치자 시치후쿠가 쓴웃음을 지으며 가르쳐 주었다.

"타쿠랑 윤이 아까부터 먹고 있는 그것이 선플라워 씨여."

"어?"

내가 맥빠지는 목소리를 내자 시치후쿠가 자세히 가르쳐 주었다.

"그 초코 과자 안에 있는 땅콩이 선플라워 씨고, 한 번 볶은 씨를 외딴섬 에어리어의 카카오로 만든 초콜릿으로 코팅한 거제."

시치후쿠에게 자세히 이야기를 들어보니 1주년 업데이트

이후로 외딴섬 에어리어 남쪽 절벽 위에 있는 고지대에 선플라워 꽃이 피어서 씨앗을 채집할 수 있게 된 모양이었다.

"진짜로……? 그런 곳에……."

알고 지내는 플레이어 중에 아는 사람이 있는지 물어보고 다녔었는데, 설마 그런 곳에 신규 아이템이 추가되었을 줄은 몰랐다.

"업데이트 직전까지 도전하던 최전선 에어리어에 추가되었다니, 나도 미처 예상하지 못했네. 맹점이었어."

"뭐, 외딴섬 에어리어는 운반선 덕분에 오가기 쉽다고는 해도 거기에 도달한 플레이어는 그리 많지도 않고, 가는 사람들은 대부분 해적왕의 비보를 찾는 게 주목적이니께."

예상했던 후보 중에 들긴 했지만, 진짜 후보라고 생각했던 사막 에어리어가 빗나가서 투덜대는 타쿠와 그걸 위로해 주는 시치후쿠. 나는 애매한 미소를 지었다.

분명 1주년 업데이트로 [총] 센스도 추가되고, 기존 에어리어의 채굴 포인트에서 총알 합성에 필요한 [번개돌 파편]을 손에 넣을 수 있게 되기도 했다.

다른 소생약 제한 해제 소재가 지금까지 갔었던 에어리어에 조용히 추가되었더라도 이상할 건 없다.

"나도 채집한 지 얼마 안 되어가꼬 미가공 상태인 선플라워 씨를 가지고 있으니께, 그걸 주지."

"고마워, 시치후쿠."

시치후쿠에게 받은 자그마한 가죽 주머니에는 해바라기

씨로 보이는 것이 10개 정도 들어 있었다.

결국 사막 에어리어와 선플라워 사이에는 아무런 관계도 없었지만, 새롭게 탐색할 수 있는 범위가 늘어난 건 헛수고가 아닐 것이다.

"일단, 오아시스로 돌아가서 간츠랑 미니츠하고 합류할까."

"알겠어. 시치후쿠, 잘 먹었어. 아, 그렇지. 이 선플라워 씨로 만든 초코 과자를 가지고 가도 될까? 간츠네에게도 나눠주고 싶거든."

"그라믄, 나머지도 전부 주지. 고생혔어. 또 가게에서 보자고!"

나는 시치후쿠에게 선물로 초코 과자를 받은 다음 갤리선에서 내려와서 다시 모래사장을 걸어갔다.

그때, 타쿠에게 문득 질문을 던졌다.

"그러고 보니까, 타쿠네는 사막 에어리어의 어떤 걸 목적으로 삼고 온 거야?"

미처 물어보지 못했는데, 타쿠 일행이 어째서 이 사막 에어리어로 온 건지 듣질 못했다.

"응? 우선 갈 수 있는 범위를 늘리려고 포탈을 등록하러 온 것뿐이야. 뭐, 오아시스 코앞에 피라미드 던전이 있으니까 도전해보는 것도 괜찮을지 모르겠는데."

간츠가 지금 당장에라도 도전해보고 싶어 하는 낌새를 보이던 게 생각나서 쓴웃음을 지었다.

"그 밖에도 탐색이 진행되지 않은 사막 에어리어를 조사해보는 것도 재미있을 것 같고. 뭐, 우선도가 엄청나게 높은 건 아니야."

타쿠는 그렇게 말하며 웃었다.

"그때는 나도 최대한 도울게. 뭐, 별로 도움이 안 될지도 모르겠지만."

"그래, 기대할게."

그렇게 잡담을 하면서 모래사장에 있는 사막 에어리어 남쪽 포탈에 도착했다.

여기에 왔을 때는 뱃사람 NPC의 배를 타고 왔지만, 돌아갈 때는 포탈로 단숨에 갈 수 있다.

"타쿠, 윤, 어서 와. 뭔가 수확이 있었어?"

"윤이 찾던 선플라워는 찾아낸 거야?"

오아시스 도시의 분수 앞에서 기다리고 있던 간츠와 미니츠는 오아시스 도시의 산책을 즐긴 모양이었다.

간츠는 NPC의 노점에서 산 케밥을 먹으면서 다른 쪽 손에는 오아시스 도시에서 재배한 과일을 짜서 만든 주스를 들고 있었다.

미니츠는 시스루 같은 연두색 천으로 만든 무희 의상을 입고 있었다.

배와 어깨가 드러나 있지만, 의상 자체의 노출은 그렇게까지 많지 않았다.

헐렁한 알라딘 바지에는 좌우 허벅지에 슬릿이 파여 있어서 힐끔 보이는 허벅지 때문에 가슴이 두근거렸다.

아마 NPC 노점에서 발견한 디자인 중시 일체형 장비일 것이다.

군데군데 금으로 장식이 되어 있었는데, 미니츠에게 더워하는 낌새가 없는 걸 보면 [열기 내성]이 높은 장비일지도 모르겠다.

"호, 호오. 그런 것까지 파는구나."

"그래, 그 밖에도 캐러멜 카멜의 털로 만든 융단 같은 오브젝트 아이템도 있어서 재미있던데."

"그렇구나. 나도 이것저것 이야기할 게 있어. [아트리엘]에서 느긋하게 이야기할까."

"찬성~! 바로 가자고!"

간츠가 급하게 주스를 마시며 케밥을 삼킨 뒤, 우린 넷이서 포탈을 통해 [아트리엘]로 이동했다.

"휴우, 사막 에어리어에서 여기로 돌아오니 시원하네……."

열기 내성용 망토와 고글을 벗은 다음, 겉옷까지 벗고 숨을 내쉬자 타쿠 일행도 마찬가지로 장비를 풀었다.

『뀨우~!』

"으앗?! 자쿠로, 깜짝 놀랐네."

그리고 그런 내가 돌아온 때를 노리고 인벤토리의 소환석에서 자쿠로가 멋대로 뛰쳐나왔다.

『뀨우뀨우~!』

"아~, 사막 에어리어에서 뤼이나 플랜이 나왔는데 자쿠로만 나설 차례가 없어서 삐진 거야?"

『뀨우~.』

사막에서는 발치가 불안정했고 정면으로 전투를 벌일 만한 상황이 아니었기에 자쿠로를 빙의시켜서 나 자신을 강화할 필요가 없었다.

"이번에는 기회가 없었지만, 조만간 때가 올 거야."

『뀨우!』

자쿠로는 알겠다는 듯이 대답을 하고는 곧바로 내 무릎 위에 올라와서 응석을 부렸다.

그런 자쿠로의 등을 부드럽게 쓰다듬는 내 모습을 미니츠와 다른 사람들이 훈훈하게 바라보았다.

"후후후……."

"응? 왜 그래?"

"아니, 윤은 정말로 자쿠로를 좋아하는구나 싶어서."

"역시 보모 씨는 건재하구나!"

"간츠, 그 별명은 진짜 부르지 말아줘……."

나는 토라진 듯이 입술을 삐죽대고 한숨을 쉬었다.

그리고 인벤토리에서 시치후쿠에게 선물로 받은 초코 과자를 꺼낸 다음, 나와 타쿠가 산책하던 범위에 대해 이야기했다.

그다음으로는 미니츠와 간츠가 조사한 오아시스 도시 내부의 이야기를 들으면서 맞장구를 쳤다.

"호오, 간츠네는 오아시스 내부의 퀘스트 NPC를 발견했구나."

"뭐, 낮의 도시 상황은 대충 그 정도야. 다음에는 퀘스트도 할 겸, 도시 밖으로 나가서 조사해볼 생각이라고. 그건 그렇고, 윤이 찾던 선플라워를 찾아내서 다행이네."

"그 밖에도 사막 에어리어에는 백금 광석이나 다이아몬드 같은 소재가 있다고 하잖아! 나는 벌써부터 어떤 액세서리를 만들어달라고 할지 기대돼!"

간츠는 선플라워를 입수한 걸 기뻐해 주었고, 미니츠는 새로운 소재에 꿈을 부풀리고 있었다.

"언젠가는 소재를 모으는 걸 다 같이 도와줬으면 좋겠는데."

내가 그렇게 말하자 간츠와 미니츠가 물론이라며 고개를 끄덕여 주었다.

아마 먼저 로그아웃한 케이와 마미 씨도 비슷한 말을 해 줄 것이다.

"뭐, 내 목적이었던 선플라워를 손에 넣을 수 있게 되었으니까, 이번에는 내가 타쿠네를 도와줄 차례지."

"윤, 괜찮겠어? 네 목적은 달성했고, 사막 에어리어의 적 MOB은 꽤 버거운 녀석들일 것 같은데."

목적인 선플라워는 찾아냈으니 억지로 함께 갈 필요는 없을지도 모르지만, 선플라워를 찾는 데 도움을 받았다.

도움만 받으면 대등하지 않기에 조금 더 함께 다녀도 괜찮겠다고 생각했다.

그리고———.

"백금이나 다이아, 숫돌, 불타는 물하고 데저트 글래스.

이만큼 다양한 소재가 있다면 그 밖에도 더 있을지도 모르
잖아? 그걸 내 눈으로 직접 보고 싶거든."

"알겠어. 그럼 다음에 도전할 곳의 후보를 뽑아볼까!"

그렇게 타쿠 일행은 [아트리엘]에서 사막 에어리어에서의
다음 활동에 대해 의논했다.

여기에는 없는 케이와 마미 씨와도 나중에 의논하려는 모
양이었다.

나는 그걸 곁눈질로 보며 시치후쿠에게 받은 선플라워 씨
를 화분에 심었다.

## 4장 피라미드와 함정


"오, 싹이 났네."

[선플라워 씨]를 심고 나서 이틀 뒤, [아트리엘]의 우드덱에 늘어놓은 화분에 떡잎 싹이 난 것을 눈치챘다.

"며칠 정도 만에 꽃이 피려나."

일단 흙에 중급 비료나 식물 영양제 등을 사용한 패턴과 쓰지 않은 패턴을 마련했는데, 선플라워의 성장 속도는 별 차이가 없는 것 같았다.

"으음~. 비료하고 식물 영양제는 수확물의 품질 향상과 채집량의 증가를 위해 쓰는 거니까. 씨앗을 얼마나 수확할 수 있을지 기대되네."

참고로 농부 NPC에게 재배 방법을 물어본 결과, 일반적인 환경 이상의 온도만 갖춰주면 자라는 모양이었기에 따뜻한 유리 하우스가 아니라 야외에서 화분으로 재배하기로 했다.

나는 화분에 물을 주면서 장비를 갖추어 나갔다.

"피라미드라……. 내부는 어떻게 되어 있으려나."

타쿠네와 다음에 도전할 곳에 대해 의논한 결과, 사막 에어리어의 심볼인 피라미드 던전에 도전하게 되었다.

나는 약속 장소로 가기 위해 [아트리엘]의 미니 포탈을 통해 사막 에어리어의 오아시스 도시로 전이했다.

"영차……, 타쿠네는 오아시스에서 기다리고 있을 거라 했지."

오아시스 도시의 포탈 앞에서 NPC들 사이를 이리저리 빠져나가자 도시 밖의 오아시스에 도착했다.

"오, 윤, 왔구나!"

"그래, 오늘은 잘 부탁할게."

사막 에어리어에는 선플라워가 없었지만, 선플라워 씨를 가지고 있던 시치후쿠를 만나서 씨앗을 받을 수 있었다.

데려다준 은혜를 갚을 겸 타쿠네가 하고 싶은 걸 같이 하자. 물론 나 같은 게 참가해서 걸리적거리진 않을지 불안하긴 했다.

내 불안함과는 달리 이미 다 모여 있던 타쿠 일행이 밝은 표정으로 맞이해 주었다.

타쿠와 간츠, 케이는 평소처럼 OSO의 정보를 교환했고, 미니츠와 마미 씨는 오아시스 물가에서 바람을 쐬며 기다리고 있었던 모양이었다.

"윤도 왔으니까 바로 피라미드 던전에 도전할 건데, 준비는 다 됐어?"

"그래, 괜찮아. 아마도…….'

정보가 거의 없는 던전에 처음 가게 된 나는 열심히 하자고 생각하며 몸에 약간 힘을 주었다.

간츠도 이 피라미드 던전에 도전하는 걸 기대했었던 모양인지 입을 열었다.

"피라미드 던전, 어떤 느낌일까! 얼른 들어가자고!"

미니츠가 어이없다는 듯이 말했다.

"간츠는 기운이 넘치는 주제에 피라미드 던전은 다 함께 도전해야 된다면서 혼자 오아시스 도시 근처에 있던 적 MOB과 싸우기도 했지."

"네에?! 괜찮으셨나요?!"

마미 씨가 놀라며 목소리를 냈다.

"그래! 죽어서 돌아왔지! 하지만 14마리까지는 쓰러뜨렸어!"

"그러면 안 되지……, 아니, 여기 에어리어의 적을 혼자서 그렇게 많이 상대할 수 있으면 충분한 건가?"

태클을 걸던 케이가 냉정하게 분석하는 모습을 보고 나는 무심코 웃음을 터뜨려버렸다.

덕분에 어깨에 들어갔던 힘이 조금 빠져서, 피라미드 던전을 즐길 수 있을 것 같은 마음이 들었다.

"자, 입구에 도착했다. 들어가자고."

사막의 오아시스에 물을 공급하는 배출구 반대쪽에 피라미드의 입구가 있어 그곳을 통해 안으로 들어갔다. 돌로 이루어진 피라미드 내부는 시원했다.

"오, 꽤 시원하네……, 이 정도면 사막 횡단 때 썼던 열기 내성 장비는 필요 없을지도 모르겠는데."

사막과 피라미드 내부의 온도 차이에 놀라면서도 시험 삼아 [몽환의 주민]과 차광 고글을 벗어보았다.

내가 열기 내성 장비를 벗어도 환경 대미지를 입지 않는 걸 보고 타쿠 일행도 장비를 교체했다.

타쿠와 간츠는 내열 장비를 벗는 것뿐이었지만, 케이는 가벼운 가죽 갑옷을 익숙한 금속 갑옷으로 갈아입기도 했다.

"그럼 간츠는 선두에서 함정 발견을 부탁할게. 윤도 지도 작성을 부탁해."

"내게 맡겨!"

"그래, 괜찮아."

[함정 해제] 센스를 지닌 간츠가 앞서갔고, 내가 인벤토리에서 종이와 펜을 꺼내 피라미드의 내부 구조를 지도에 그려나갔다.

『뀨우 뀨우!』

그때, 인벤토리의 소환석에서 자쿠로가 튀어나와서 의욕을 보였다.

"그래, 그래. 오늘은 자쿠로가 활약할 차례구나. 와라──, 《빙의》!"

『뀨우~!』

내 목소리와 함께 몸속으로 자쿠로가 뛰어들었고, 머리와 허리에 자쿠로의 까만 여우귀와 꼬리 세 개가 돋아났다.

"""……."""

"어……, 뭐야. 새삼 빤히 보고."

타쿠 일행이 조용히 시선을 보내자 부끄러워져서 자연스럽게 몸을 지키려는 듯이 꼬리 세 개가 몸에 휘감겼다.

"아, 미안해. 그럼 갈까."

던전의 통로는 플레이어 세 명이 가로로 나란히 서서 무기를 휘두를 수 있을 정도로 넓었다.

그래서 파티가 2열 횡대로 서서 전위에 타쿠, 간츠, 케이, 후위에는 나, 미니츠, 마미 씨, 이런 진형으로 나아가게 되었다.

"와아……, 횃불 조명이 있네요……."

"던전 안이 밝은 건 좋지만, 조명이 횃불뿐인 건 좀 불안한데."

길게 이어진 통로 좌우의 벽에는 횃불이 걸려 피라미드 내부를 비추었지만, 설치 간격이 널찍했다.

그 사이에 생겨난 어두운 그림자와 불안정하게 흔들리는 불꽃이 오히려 불안한 느낌을 주었다.

암시 효과가 있는 [하늘의 눈] 센스를 지닌 나와는 상관이 없지만, 이 빛과 그림자의 틈새는 의식의 사각지대가 되어 기습당할 위험을 높인다.

"일단 내가 조명을 켜둘게. ──《라이트》!"

미니츠가 머리 위에 빛덩이를 쏘아 올리자 우리를 중심으로 통로의 그림자가 사라졌다. 하지만 그때 간츠가 놀라 소리쳤다.

"으엇?! 모두 멈춰!"

"왜 그래? 뭐가 있는데?"

"함정이야. 위험하네……, 창이 꽂힌 구멍이 그림자 안에 숨어 있었어."

간츠가 들여다 본 벽의 석재에 커다란 틈새가 벌어져 있었다.

그리고 간츠가 바닥의 석재를 밟자 벽의 석재 틈새에서 수많은 창이 튀어나왔다.

"우와, 장난이 아니네."

일정한 간격으로 배치된 횃불이, 시야가 확보되는 듯한 안정감을 줘놓고 실은 그 그림자 안에 함정을 숨기고 있던 것이다.

"이거, 알아채려면 좀 전처럼 조명을 확보하거나 나처럼 암시 효과가 있는 센스가 있어야겠는데. 안 그러면 발견할 수가 없잖아."

"윤, 그게 다가 아니야. 그쪽 횃불 뒤쪽을 잘 보라고."

"응? 횃불……, 앗?!"

간츠가 손가락으로 가리킨 횃불 뒤쪽에도 석재 틈새가 있었고, 그 안쪽에서 까맣고 끈적끈적한 액체가 흘러내리는 게 보였다.

"영차, 이 횃불은 뗄 수가 있구나. 아마 그쪽은 액체가 뿜어져 나오는 함정이겠지. 안에 채워져 있던 액체가 세차게 나올 거야. 보통은 독액이나 상태이상 함정일 텐데……."

"오아시스 도시에서 이야기를 들었던 '불타는 까만 물'이겠지. 뿜어져 나옴과 동시에 횃불 때문에 인화해서 화염방사기가 되는 함정."

장난 아니네.

그런 생각을 하는 와중에도 간츠는 함정을 해제해 나갔다.

"그건 그렇고, 간츠. 예전보다 [함정 해제] 센스 레벨이 올라간 거 아니야?"

"그야 함정을 꽤 많이 발견해서 상위인 [함정사] 센스가 되었으니까! 이 함정도 지금까지 발견했던 함정을 응용한 거야. 그리고———, 좋아, 해제 완료!"

함정을 해제한 간츠가 벽의 돌을 치우고 안에 손을 집어넣었다. 그리고 까만 액체가 들어있는 유리병———, [신비의 흑광유]를 끄집어내서 내게 건넸다.

"가끔 해제한 함정의 소재를 통째로 얻을 수도 있으니까 은근히 짭짤하거든."

간츠는 뭐, 여유가 있을 때 용돈을 버는 거지, 라며 횃불을 돌려놓았다.

이대로 간츠에게 함정 해제를 맡기고 나아가도 되겠지만, 일단은 타쿠 일행에게도 암시 효과를 부여해주는 [나이트 비전 크림]을 눈꺼풀에 바르라고 했다.

만에 하나, 미니츠의 빛덩이나 통로의 횃불이 사라졌을 때 그늘 속에 숨은 적 MOB에게 기습당하는 상황을 피하기 위한 보험이었다.

첫 통로에서만 밉살스러운 함정 두 군데를 기록하며 나아가보니 피라미드의 첫 번째 적과 마주쳤다.

『브아아아아아아아아———.』

"으앗……."

안쪽에서 돌아다니다 다가온 것은 메마른 갈색 몸에 하얀 붕대를 두르고, 화려한 방어구와 금 장식을 걸친 미라였다.

이름은———, 미라 병사. 말 그대로의 적이었다. 그 미라 병사 네 마리가 두 줄로 대열을 이루었다.

앞줄의 미라 병사가 한 손엔 검을 든 채 다른 한 손으로 방패를 내밀고, 뒷줄의 미라 병사는 좁은 통로에서 활을 겨누며 우리를 노렸다.

"모두, 내 뒤에 숨어! ———《와이드 가드》!"

곧바로 케이 뒤에 숨은 우리는 날아온 화살이 방어 범위가 확대된 방패의 장벽에 튕겨 나가서 땅바닥에 떨어지는 모습을 보았다.

화살을 이용한 견제에 멈춰선 동안, 앞줄의 미라 병사들이 방패를 앞으로 들어 올린 채 조금씩 이쪽으로 다가왔다.

"윤! 마미 씨!"

"알겠어! 《인챈트》———, 인텔리전스, 《엘리먼트 인챈트》———, 웨폰!"

"갑니다! ———《에어로 캐논》!"

내가 INT와 풍속성 인챈트를 마미 씨에게 부여하자, 마미 씨의 지팡이에서 공기포가 날아가 미라 병사의 방패에 맞았다.

"간츠, 돌진하자!"

"좋아, 가자고!"

마미 씨의 공기포에 맞아 방패가 멀리 날아갔고, 비틀거리는 미라 병사를 향해 타쿠와 간츠가 달려갔다.

그런 두 사람을 노리는 미라 병사의 화살은 내가 화살로 쏴서 떨어뜨리며 엄호했다.

"하아아앗———, 《파워 버스터》!"

"———《귀신 사냥 차기》!"

타쿠와 간츠의 아츠가 명중했지만, 그럼에도 불구하고 쓰러지지 않은 상대에게 다시 공격을 가했다.

그동안에 타쿠와 간츠가 휘말리지 않게끔 후위에 있던 우리도 단발 공격을 후위의 미리아 병사에게 계속 날렸고, 잠시 후에 미라 병사를 전부 쓰러뜨리는 데 성공했다.

"휴우, 이겼네. 그런데 전투 시간이 좀 길었나."

전투를 마치고 숨을 길게 내쉰 타쿠는 승리한 뒤인데도 기뻐 보이지 않았다.

"타쿠, 방금 그 전투는 안 좋은 결과였던 거야?"

평소처럼 무난하게 쓰러뜨린 것 같았는데, 타쿠와 케이가 약간 굳은 표정으로 대답해 주었다.

"공격에 좀 맞긴 했어도 대미지 자체는 별로 크지 않았어. 그런데 내구도가 높아서 전투 한 번이 지금까지보다 오래 끌려."

"그리고 피라미드의 통로 폭 때문에 회피가 힘들고, 최악의 경우에는 순찰하던 두 MOB 집단에게 협공당할 우려도 있겠어."

그 밖에도 내구도가 높은 미라 병사 대열이 방패를 들어

올린 상태로 우리에게 접근해서 압박을 가한 건 플레이어들이 서서히 후퇴하게 만들어서 지나온 통로의 함정에 빠지게끔 하기 위해서일지도 모른다. 타쿠와 케이가 고찰한 내용이다.

"우선 뒤쪽을 더욱 경계하기 위해서 배치를 바꿀까."

전위에 함정을 발견할 간츠와 탱커인 케이.

중위에 전위와 후위, 양쪽 어디든 달려갈 수 있는 타쿠와 파티의 핵심 공격수인 마미 씨.

후위에는 [토마법]으로 통로를 봉쇄해서 적을 잡아두거나 화살로 원거리 공격을 가할 수 있는 나와, 메이스로 어느 정도 접근전을 벌일 수 있고 광마법을 사용할 수 있는 미니츠. 이런 대열로 바꾸어서 나아갔다.

미라 병사는 언데드 계열 MOB이기 때문에 언데드 특효 계열인 미스릴이나 은 계열 장비, 또는 미니츠의 광마법이 효과적인 경우도 있었다.

그 이후로 벌인 전투는 움직임을 효율적으로 바꿨기에 첫 번째 전투보다 짧게 끝났고, 지나온 통로 쪽에서 리젠된 미라 병사의 협공에도 대처할 수 있었다.

그리고 예상하지 못했던 미라 병사와 피라미드의 조합이 있었는데―――.

『브아아아아아아아―――.』

"으앗! 일부러 화염방사기 함정에 뛰어들었어?!"

까만 기름이 옆에서 뿜어져 나왔고, 횃불의 불꽃에 인화

된 화염을 바로 옆에서 맞은 미라 병사들이 불꽃에 몸이 휩싸인 상태로 무기와 방패를 버리고는 온 힘을 다해 우리 쪽으로 돌진했다.

"무섭잖아! 너무 무섭다고!"

미라 병사 모두가 몸이 불타는 채로 타쿠 일행을 끌어안고 연소 대미지를 입히려 하고 있었다.

"뜨거워! 탄다! 몸이 타!"

"자쿠로!"

『뀨우!』

나는 빙의한 자쿠로에게 지시를 내려서 꼬리 세 개로 간츠에게 달라붙은 미라 병사를 휘감았다.

《여우불》을 다루는 자쿠로의 꼬리가 까만 불꽃을 두르고 있었기 때문에 미라 병사의 불꽃이 옮겨붙는 일 없이 떼어낼 수 있었다.

"상성이 안 좋은 간츠는 물러나서 미니츠에게 회복받아! ──《소닉 엣지》!"

그리고 간츠 대신 타쿠가 전위로 나서서 서서히 후퇴하며 적 MOB에 참격을 날렸다.

"아뜨뜨뜨! 미니츠, 회복 부탁해!"

"그래, 그래. ──《메가 힐》!"

거세게 불타오르는 미라 병사에게 붙잡혔던 간츠는 후위에서 미니츠에게 회복을 받았다.

"마미, 물을 부탁한다! ──《실드 배시》!"

"네! ——《아쿠아 불릿》!"

케이는 들어 올린 방패를 힘차게 밀어내며 거세게 타오르는 미라 병사를 밀쳐냈다.

그리고 움직임이 멈추자 마미 씨의 수탄이 미라 병사의 불꽃을 껐고, 내 화살과 타쿠의 추가타로 쓰러뜨렸다.

"휴우, 깜짝 놀랐네……."

"그래, 불꽃을 뒤집어쓰면 그런 식으로 변화하는구나. 뭐, 그만큼 내구도가 떨어지는 모양이긴 한데……."

담담하게 압박하던 미라 병사가 갑자기 타오르는 시체가 되어 덤벼드는 모습은 솔직히 심장에 안 좋았다.

그렇게 던전의 2계층으로 나아갔는데———.

"으엇?! 뭐야?!"

고오오오오———, 피라미드 전체가 울리기 시작했고, 눈앞에 있던 통로의 벽이 서서히 튀어나와서 통로가 완전히 닫혀버렸다.

"설마, 던전의 구조가 바뀌다니……."

"체내 던전의 사례도 있으니까, 그런 경우도 있겠지. 뭐, 지금까지 만들었던 지도가 완전히 헛수고가 된 건 아니니까 힘내자고."

"……응."

이 피라미드 던전은 일정 시간마다 던전 내부의 구조가 변화하는 것 같지만, 들어갈 때마다 던전의 구조가 완전히 바뀌는 건 아닌 듯했다.

기본적인 던전 구조는 그대로 유지하면서 특정 지점의 벽만 변화하는 느낌.

아무튼 다음 계층으로 나아가기 위한 최단 경로가 막혔기에 우회할 필요가 있다.

"음~. 다음 계층으로 올라가는 언덕길은 제1계층에 네 군데라……."

던전의 계층이 넓은 만큼 구조 변화에 따라서는 2층을 경유해서만 들어갈 수 있는 곳이 생기거나 이동 거리가 길어질 가능성도 있겠구나.

하지만 상하 계층으로 이동할 때 이용하는 길고 완만한 언덕은 똑같았고, 구조가 변화하더라도 반드시 결승점인 피라미드 꼭대기층까지의 길은 확보된 상태일 것이다.

그렇게 피라미드 던전을 기록하면서 안쪽으로, 위쪽으로 나아갔다.

●

피라미드 던전 2층도 중반에 접어들었을 무렵, 새로운 MOB을 발견했다.

"오, 이번에는 새로운 MOB이네."

[하늘의 눈]의 암시와 원거리 시야를 통해 어두운 통로 안쪽에 있는 것이 보였다.

"보라색 덩어리가 천장에 있는데……."

시각 센스가 강한 내가 발견하자마자 보라색 덩어리가 움직이기 시작했다.

그것은 천장에서 떨어져서 공중에 뜬 다음, 보라색 촉수를 꿈틀대며 감고 있던 노란 외눈을 수상쩍게 빛내며 이쪽을 바라보았다.

"윽?! 《존 인챈트》———, 마인드! 으윽?!"

경험상, 원거리에서 공격하는 타입 중에는 마법 계열이 많기 때문에 반사적으로 타쿠 일행 모두에게 MIND 인챈트를 걸었다.

하지만 그 인챈트로 올린 수치까지 넘어서 눈빛이 우리 몸을 꿰뚫었다.

"다들 괜찮아?! 크윽, [유혹3]구나! 미니츠!"

"그래!《디스페———! 윤도?! 꺄악!"

"꺄악?! 어? 윤 씨, 어째서?!"

의식이 희미해지긴 했지만 눈앞에 일어난 일은 이해할 수 있었다.

모두의 상태를 확인하기 위해 말을 건 타쿠에게, [매료]의 상위인 [유혹] 상태이상에 걸린 간츠가 덤벼든 것이다.

그리고 [유혹]을 해제하기 위해 회복 마법을 사용하려던 미니츠의 팔에 마찬가지로 [유혹] 상태이상에 걸린 내가 달라붙어서 마법을 방해했다.

그리고 내게 빙의한 자쿠로의 꼬리 세 개가 마미 씨의 몸에 휘감겼다.

(정말, 미안해. 타쿠, 미니츠, 마미 씨!)

(규우~!)

전위인 간츠와 후위인 내가 타쿠 일행을 방해하기 시작하자 처음에는 동요하던 미니츠도 망설이면서 메이스로 응전해주었다.

"크윽?! 미라 병사까지 왔나!"

그런 와중에 뒤쪽에서 미라 병사들이 모여들었고, 주위가 매우 혼란스러워지기 시작했다.

"정말, 나중에 반성회를 해야겠어! ──《디스펠》!"

미니츠는 응전하면서도 나와 간츠에게 회복 마법인 《디스펠》을 사용했지만, 상태이상의 강도가 높아서 한 번으로는 완전히 회복되지 않았다.

그동안에도 커다란 노란색 외눈 MOB이 촉수로 벽의 일부를 밀어 넣었다.

덜컹, 던전 바닥에서 이상한 소리가 울렸다. 우리 발치의 통로 한가운데가 열리자, 몸이 부유감을 느꼈다.

(플레이어에게 상태이상을 걸어서 내분을 일으킨 다음 함정을 기동시켜서 공격하다니, 장난 아니네……, 아니, 잠깐, 잠깐, 잠깐만 기다려!)

외눈 MOB에게 조종당한 몸은 내 말을 듣지 않았지만, 낙하할 때의 광경이 [하늘의 눈]으로 인해 천천히 보였다.

"──《디스펠》!"

함정이 열린 뒤에 뒤늦게 완성된 미니츠의 회복 마법 덕에 나와 간츠가 몸의 자유를 되찾았다.

"흐엑———, 흐아아아아아아악!"

""꺄아아아아아아악!""

정신을 차린 나는 미니츠, 마미 씨와 함께 비명을 지르며 함정으로 떨어졌다.

오래 걸린 건지, 한순간이었는지. 알 수 없는 시간 뒤에 우리는 물속에 빠졌다.

"어푸! 어떻게 된 거야?"

팔다리를 버둥거리며 수면 밖으로 고개를 내밀어 주위를 둘러보았다. 보아하니 꽤 흐름이 센 수로에 떨어진 것 같았다.

"우리, 이제 어떻게 되는 거지?"

(뀨우~.)

수면 밖으로 얼굴을 내밀고 빙의한 자쿠로에게 묻듯 중얼거렸다.

"어푸! 빠진다, 빠져!"

"마미, 괜찮아?!"

같이 물에 빠져서 당황한 나머지 버둥거리는 마미 씨와 그녀를 진정시키려 하는 미니츠의 목소리가 들렸다.

나는 공황 상태에서 빠져나오지 못하는 마미 씨를 진정시키기 위해 떨어지기 직전까지 [유혹]때문에 감겨 있던 자쿠로의 꼬리를 움직였다.

"마미 씨, 이제 괜찮으니까, 진정해."

"허억, 허억……, 윤, 씨."

물의 흐름에 따로 떨어져 버리지 않게끔 마미 씨와 미니츠의 팔에 자쿠로의 꼬리를 감아서 끌어당긴 다음, 셋이 한데 뭉쳐서 흘러갔다.

1주년 업데이트 이후의 단계적인 조정으로 인해 [재배] 센스와 마찬가지로 예비 칸에 두어도 [수영] 센스의 패시브 효과가 적용되게 바뀌었기 때문에 서서 헤엄치며 수면 밖으로 고개를 내밀어서 호흡을 유지했다.

우리는 피라미드 던전의 통로와 똑같이 생긴 공간에 3분의 2 높이까지 물이 채워진 수로에서 흘러가고 있었다.

거센 흐름을 거스르는 건 힘들기 때문에 물의 흐름에 몸을 맡겼다.

시간이 흐르고, 우리가 흘러가던 수로가 분기와 합류를 거듭하면서 끝에서 빛이 보인 것 같은 느낌이 들었다.

"출구, 으앗?!"

대량의 물과 함께 수로에서 내던져진 우리는 한번 가라앉았지만 다시 수면을 향해 헤엄쳤고, 눈부신 태양을 손으로 가리며 어디로 나왔는지 돌아보았다.

"아, 피라미드의 배수구였구나."

"험한 꼴을 당했네."

"흐윽, 깜짝 놀랐어요."

오아시스에 물을 공급해주는 피라미드의 배수구로 나와버린 모양이었다.

완전히 젖어서 홀쭉해져 버린 자쿠로의 꼬리를 보니 약간 슬퍼졌다.

"으아아아아아아앗———, 어푸?!"

셋이서 오아시스 샘에서 빠져나와 방사림 그늘에 앉아서 장비를 말리고 있자니, 맥빠지는 비명과 함께 마찬가지로 피라미드 배수구 밖으로 내던져진 듯한 소리가 여러 번 이어졌다.

"푸핫! 젠장! 당했다!"

"타쿠네도 역시 떨어졌구나. 괜찮아?"

보아하니 발치의 함정이 열린 다음, 시간차로 타쿠 일행도 함정에 빠져서 피라미드 밖으로 강제 배출된 모양이었다.

"일단은 죽지 않았으니까 괜찮은 거라고 생각하고 싶은데……."

갑자기 피라미드에서 강제 배출되었다.

데스 페널티를 받진 않았지만 정신적인 충격이 컸다.

모두가 흠뻑 젖은 꼴로 오아시스 가장자리에서 축 늘어져 있었다.

"아아아아아앗! 당했어! 그 눈알 적———, 게이저! 상태이상 공격을 썼다고! 하지만 마지막에는 한 방 먹여줬지!"

젖은 몸으로 오아시스 가장자리 풀밭에 드러누운 타쿠가 소리쳤다.

그 보라색 촉수와 노란 눈을 지닌 눈알 MOB이 게이저구나.

눈빛으로 플레이어에게 [매료]의 상위인 [유혹] 상태이상을 걸어서 내분을 노리고 원거리에서 마법과 함정을 이용해서 공격하는 상대인 모양이다.

우리는 그 수법에 넘어가서 다 같이 사이좋게 피라미드에서 강제 배출되었지만, 타쿠가 떨어지는 순간에 한쪽 장검을 던져서 쓰러뜨린 모양이었다.

"미안해. 상태이상에 걸리고, 발목까지 잡아서……."

"그건 아니지. 눈빛이 빛나기 직전에 모두에게 MIND 인챈트를 걸어줬잖아? 그 덕분에 [유혹]에 잘 걸리지 않게 되었다고. 윤하고 간츠가 걸린 건 운이 안 좋았을 뿐이지."

적의 공격을 막는 탱커인 케이와 회복 담당인 미니츠, 후위 마법사인 마미 씨 같은 사람들은 MIND 스테이터스가 높거나 행동불능을 일으키는 상태이상에 대한 대책을 세워두고 있었다.

하지만 공격 쪽으로 센스와 액세서리를 투자했던 타쿠와 간츠는 [유혹] 상태이상에 저항할 가능성이 낮았다.

"맞아! 이번에는 운이 안 좋았을 뿐이지, 처음에는 상대하기 힘든 적이었던 거야!"

"맞아요. 처음 간 에어리어에서 실패하는 경우는 자주 있죠! 저도 실수했을 때 모두가 도와주고요!"

"고마워, 미니츠, 마미 씨……."

미니츠와 마미 씨의 위로에 힘없이 웃으면서도 마음이 조금 가벼워졌다.

"그래서, 어떻게 할 거지? 피라미드 공략을 계속할 건가?"

젖은 몸을 꽤 많이 말린 케이가 타쿠에게 묻자 타쿠가 우리를 둘러보았다.

그리고 우리도 의욕이 있다는 걸 확인하고는 멋진 미소를 지었다.

"일단 휴식한 다음에 다시 도전해볼까! 다행히 시간은 아직 있으니까!"

모두 한두 번 실패하는 것 정도는 익숙한지 의욕을 보이고 있었다.

일단 다시 피라미드 내부의 정보를 정리한 다음, 더욱 효율적인 움직임 등에 대해 의논했다.

그리고 피라미드 내부에서는 확인을 미뤄두었던 드롭 아이템 같은 것들도 하는 김에 정리했는데———.

"고생했어. 차라도 마실래?"

"땡큐, 윤. 마실래."

오아시스 가장자리에 앉아서 쉬던 타쿠에게 차를 건넨 나는 타쿠의 메뉴를 들여다보았다.

"타쿠는 뭐 하고 있는 거야?"

"아니, 쓰러뜨린 적의 드롭 아이템을 확인하고 있어."

그렇게 말하며 인벤토리에서 꺼낸 것은 세로로 길고 붉은 무늬가 들어간 눈알 모양의 무시무시한 결정체였다.

"———게이저가 드롭한 [유혹의 마안구]라는데."

"안구라니, 왠지 징그럽네. 뭐, 진짜 눈알은 아니겠지만……."

안구라는 이름이 붙어 있긴 하지만, 분류상으로는 가공하지 않아도 쓸 수 있는 보석 계열 소재인 것 같았다.

무기나 액세서리 장식에 쓰면 INT가 꽤 많이 올라가는 한편, LUK 스테이터스가 떨어지는 디메리트도 있는 소재 아이템.

"나는 [고혹의 항독약]이 드롭되었네. 뭐, 효과량은 내가 만드는 것보다 조금 떨어지지만……."

"처음 봤을 때 까다로운 적은 자기에 대한 대책 아이템을 드롭하는 경우가 종종 있지."

내가 독과 매료 내성 부여 포션이 드롭되었다는 사실을 알리자 타쿠가 쓴웃음을 지었다.

다음에 게이저와 마주쳤을 때는 이걸 써서 [유혹] 상태이상에 대처하라는 건가?

그 밖에도 간츠 같은 사람들은 매료 상태이상 회복약인 해매약 같은 걸 드롭 아이템으로 얻었다.

"그리고 신경 쓰이는 아이템이라면……, 이거려나?"

"응? 그게 뭔데? 마른 가지?"

노랗고 금이 간 나뭇가지 같은 것을 받아든 내가 고개를 갸웃거리자 타쿠가 정체를 말했다.

"미라의 손———'히이익?!'———, 어이쿠……."

나도 모르게 비명을 지르며 마른 가지 같은 미라의 손을 내던졌다. 타쿠가 그것을 공중에서 잡아냈다.

155

"타쿠 너, 뭐 그런 걸 주는 건데!"

"피라미드 안에서 마주쳤을 때는 아무렇지도 않았으면서, 왜 미라의 손 정도로 그렇게 놀라는 거야."

"적 MOB으로서는 차분하게 볼 수 있었지만, 갑자기 직접 만지면 기분 나쁘잖아!"

그렇게 따지며 급하게 드롭 아이템을 확인해보니 나도 미라 병사가 쓰던 장비나 금 액세서리 말고도 미라의 손을 드롭 아이템으로 몇 개 얻은 상태였다.

"으아, 이거 어떻게 하지……, 엄청나게 필요 없는데……."

가지고 있기만 해도 저주받을 것 같은 그 아이템을 보고 거부감을 드러내자 타쿠가 말도 안 된다는 듯한 표정을 지었다.

"일단은 그거, 소비형 스테이터스 업 아이템이라고! 일정 시간 동안 LUK 스테이터스를 올려주는 귀중한 아이템이야. 뭐, 효과가 끝나면 그 반동으로 LUK 스테이터스가 떨어지지만 말이지."

디메리트가 있음에도 유용한 아이템인 것 같긴 하지만, 게이저의 [유혹의 마안구]나 미라 병사의 미라의 손 같은 건 결국 저주받은 아이템 아닐까.

피라미드에선 이런 아이템이 잘 나오는 걸지도 모른다.

"필요 없어. 절대로 필요 없고, 쓰고 싶지 않아. 타쿠에게 전부 줄게."

"오, 진짜로?! 그럼 대신 [유혹의 마안구]하고 거래하자."

"아니, 아마 안 쓸 것 같은데……, 에휴."

하지만 디자인이 무시무시한 걸 보니 클로드에게 주면 기뻐하지 않을까 싶다.

"그건 그렇고, 피라미드의 대책 같은 이야기도 해야지?"

시간 경과에 따라 움직이는 벽이나 발치가 뚫려서 수로로 강제 배출되는 함정도 있었다.

만에 하나, 파티가 분단되었을 때의 움직임 같은 것도 정해두는 게 나을지도 모르겠다.

"그러면 분단된 상황에서 앞으로 나아가는 건 힘들 테니까, 하나 전 계층으로 돌아가서 합류하는 게 낫겠지. 다행히 프렌드 통신을 쓰지 못하게 되는 상황은 아닐 테고."

"그렇구나, 알겠어."

나는 고개를 끄덕이고, 타쿠와 나란히 멍하게 햇빛을 반사하는 오아시스 수면을 바라보며 휴식했다.

그런 나와 타쿠의 뒷모습을 싱글거리며 바라보는 미니츠와 다른 사람들을 눈치채지 못한 채로.

●

함정에 빠져서 밖으로 강제 배출되는 사건이 있긴 했지만, 우리는 휴식을 마치고 다시 피라미드에 도전했다.

"골치 아픈 게이저의 [유혹]하고 화염 계열 공격 대책은 윤의 인챈트로 MIND와 화속성 내성을 올리고 내성 부여 포션을 쓰는 걸로 하자."

"그럼 인챈트를 걸게. 《존 인챈트》──, 마인드! 《엘리
먼트 인챈트》──, 아머!"

나는 모두에게 MIND 인챈트를 건 다음, 화속성 속성석
을 소비해서 방어구에 화속성 내성을 인챈트했다.

또한 게이저의 [유혹] 대책으로 모두가 내성 부여 포션인
[고혹의 항독약]을 마시게 되었다.

"휴우, 이제 두 명이 동시에 [유혹]에 걸리진 않겠지."

처음 만들었을 때부터 몇 번이나 개량을 거듭한 결과, 내
성 부여 포션의 성능도 올라가서 [매료]의 상위인 [유혹] 상
태이상도 꽤 높은 확률로 막아낼 수 있을 것이다.

이제 할 수 있는 준비는 모두 마쳤다.

"시간이 지나서 계층 구조가 바뀌었을지도 모르니까 다시
확인하면서 가볼까!"

"""──알겠어!"""

모두가 고개를 끄덕이고는 좀 전과 똑같은 진형으로 나아
갔다.

일단 대책을 세운 뒤였고 탐색이 익숙해진 상태였기에 무
난하게 2계층으로 올라갈 수 있었다.

2계층으로 올라가자 한 번에 나타나는 미라 병사의 숫자
가 한 마리 늘어났고, 새롭게 석장을 든 후위 미라 병사도
나타나서 아군 미라 병사를 회복시켜 주었다.

"젠장, 미라 병사를 회복시켰어. 골치 아프네!"

"쓰러뜨린 미라 병사를 또 부활시켰어! 모두 살짝 물러나! 진형을 다시 짠다!"

미라 병사들은 쓰러진 뒤에 빛의 입자로 변해서 사라질 때까지 시간이 길게 설정되어 있는 모양인지, 회복형 미라 병사가 부활시키기도 했다.

그래도 한 무리씩 제대로 대처하면 그렇게까지 힘들진 않지만, 여러 상황이 겹쳐지면 갑자기 난도가 올라가는 법.

"이 정도면 낙승이지, 낙승……, 앗."

시간 경과로 인한 피라미드 내부의 구조가 바뀌었기 때문인지, 근처 통로의 벽이 움직여서 다른 곳과 이어졌다.

⊪브아아아아아아아아아아아━━━.⊪

"젠자아아앙! 도망치자!"

"이미 늦었다, 포위당했어!"

우리가 지나온 통로의 적 MOB을 쓰러뜨렸기 때문에 뒤쪽은 비교적 안전할 거라 안심하고 있었다.

하지만, 던전의 구조 변화로 인해 다른 통로에서 몰려온 적 MOB에게 협공당하게 되어버렸다.

타쿠가 곧바로 이동하라는 지시를 내렸지만, 그보다 먼저 미라 병사들이 통로에서 쏟아져 나왔다. 뒤에서 몰려든 무리를 케이 혼자 달려가서 묶어두었다.

앞뒤에서 협공당해 위험한 상황이지만, 케이가 뒤쪽의 적을 혼자서 막아주고 있기에 우리는 앞쪽에서 몰려드는 미라 병사들에게 집중해서 대처할 수 있었다.

『브아아아아아아아아아아아───.』

"좋아, 한 마리 쓰러뜨렸다……, 아니, 아아아앗! 또 회복됐어! 게다가 새로운 무리도 왔고!"

한 무리라면 큰 문제가 되지 않는다.

하지만 미라 병사가 잔뜩 모이면 우리 공격이 분산되기 때문에 석장을 든 미라 병사가 회복이나 소생을 쓸 틈을 줘버리게 되는 것이다.

그리고 전투가 오래 끌리면서 순찰하던 또 다른 미라 병사 무리도 합류했다.

"옛날 RPG에서 한없이 동료를 부르는 현상도 아니고!"

"게다가 적까지 소생을 쓰다니, 정말 골치 아파! 윤, 함정에 빠지진 않았지?"

욕설을 내뱉는 간츠와 말을 거는 미니츠. 나는 [간파] 센스로 주위를 확인했다.

"괜찮아! 그런 것보다, 쓰러진 미라 병사를 처리할 테니까 조심하고! 자쿠로───, 《여우불》!"

(뀨우!)

나는 후위에서 파티 전체의 상황을 살피며 주위의 함정 위치나 미라 병사의 처리, 활로 적을 묶어두는 역할을 병렬적으로 해나갔다.

쓰러진 미라 병사의 몸이 소멸되는 시간은 길게 설정되어 있지만, 파괴 가능한 오브젝트 성질을 지니고 있었기에 빠르게 소멸시키면 소생을 막을 수 있었다.

특히 화속성 공격에는 약해서 단숨에 연소시키면 단시간에 처리를 끝낼 수 있다.

"마미 씨, 적을 5미터 정도 뒤쪽으로 밀어붙여 줘!"

"알겠습니다! 하아아앗! ──《에어로 캐논》!"

간츠가 지시를 내린 직후 마미 씨가 지팡이를 들어 올렸다.

그에 맞춰서 전위인 타쿠와 간츠가 바닥에 엎드리고, 그들의 머리 위를 마미 씨의 공기포가 통과했다.

통로에 잔뜩 모여들었던 미라 병사들은 공기포로 인해 한데 뭉쳐 통로 안쪽으로 밀려났다.

그 직후에 엎드려 있던 간츠가 뛰어가서 어떤 벽의 일부를 힘차게 후려쳤다.

"좋아, 이걸로 끝이다!"

〓브아아아아아아아아아아──.〓

간츠가 누른 것은 함정 스위치였다.

마미 씨의 공기포가 미라 병사들을 함정 위치까지 밀어붙였고, 함정을 역으로 이용하는 형태로 미라 병사들을 처리한 것이다.

"좋아, 곧바로 케이 쪽 미라 병사도 쓰러뜨리자!"

앞쪽의 미라 병사를 모두 해치운 우리는 케이를 원호하러 갔다.

"후욱, 하아……, 힘들었다……."

한때는 스무 마리 정도의 미라 병사들이 몰려들었지만, 겨우 해치웠기에 숨을 돌렸다.

"우선 간츠는 중간에 뭘 했는지 설명해줘."

연달아 싸우느라 회복할 틈이 없었기에, 전투를 마친 뒤에 포션을 마시며 타쿠가 물었다. 간츠는 뽐내는 듯한 표정을 지으며 설명했다.

"함정을 역이용해서 적을 해치웠지."

"함정을 역이용했다고?"

[함정사]의 센스로 어디에 어떤 종류의 함정이 설치되어 있는지 알 수 있기에 그걸 이용해서 전투를 유리하게 이끌었다고 한다.

"호오, 대단하네. 나도 할 수 있으려나?"

"[간파] 센스가 있는 윤도 써먹을 수 있는 방법일 거야."

나는 [토마법]을 쓸 수 있으니 묶어두기 위해 《머드 풀》이나 《베어 트랩》과 던전의 함정을 함께 이용하는 전투 방식도 재미있을 것 같다는 생각이 들었다.

하지만 간츠의 이야기를 들어보니 메리트만 있는 게 아니라 디메리트도 존재하는 모양이었다.

좀 전에 벌인 전투로 따지면 미라 병사를 함정에 빠뜨려 강제로 배출시킬 경우 쓰러뜨렸다기보다는 전투 이탈 상태가 되기 때문에 드롭 아이템을 얻을 수 없다고 한다.

그리고 미라 병사는 불꽃을 뒤집어쓰면 거세게 타오르기 때문에 화염방사기 함정은 오히려 강화시킬 수도 있다는 점까지.

"호오……, 함정이 많아서 약간 골치 아픈 던전인 줄 알았더니, 우리도 이용할 수 있는 거구나."

"뭐, 그런 부분은 똑같이 함정을 이용하는 게이저하고 함정을 두고 경쟁하게 될지도 몰라. 그리고……."

간츠가 일어선 다음, 점프해서 천장에 약간 튀어나와 있던 돌을 밀어넣자 고오오, 근처 벽의 통로가 변화했다.

"던전의 구조가 자주 바뀌긴 하지만, 함정을 이용해서 구조 변화를 일으키면 목적지까지 지름길로 갈 수 있을지도 모르고."

간츠는 그렇게 말하며 으스대는 표정을 지었지만, 나는 그런 간츠를 향해 활을 겨누었다.

"간츠, 숙여! ──《강궁기 · 산 무너뜨리기》!"

"윽?! 으앗!"

두꺼운 피라미드의 벽이 열리자마자 그 통로 안쪽에 있던 게이저와 눈이 마주쳤다.

안녕, 하고 인사하듯이 촉수를 살랑살랑 흔드는 게이저가 눈을 수상쩍게 빛낼 낌새를 본 순간, 나는 반사적으로 아츠를 날렸다.

간츠가 당황하며 몸을 뒤로 젖혀 화살을 피하자 통로 건너편에 있던 게이저의 눈에 화살이 깊게 박혔고, 게이저는 빛의 입자가 되어 사라졌다.

"휴우, 깜짝 놀랐네. 게이저가 대기하고 있었을 줄이야."

"윤, 나이스. 함정을 이용해서 다른 길을 여는 건 좋지만, 건너편도 경계했어야지."

돌벽이 두껍기 때문에 벽 건너편의 상황을 알 수 없다는 건 무서운 점인 것 같다.

"깜짝 놀랐네……, 윤이 활을 겨누고 내게 진심으로 아츠를 때려 박는 줄 알았어……."

곧바로 피한 간츠도 내가 활을 겨누자 놀랐는지 가슴을 부여잡고 울상을 지으며 하소연하다가 미니츠에게 위로받고 있었다.

그렇게 피라미드의 계층을 나아가다 보니 몇 번이나 함정에 걸렸다.

어떤 때는―――.

"꺄아아아아아악! 아, 위험하네. 우리도 함정에 빠질 뻔했어. 윤, 덕분에 살았구나."

"나도 깜짝 놀랐어. 천천히 끌어올릴 테니까 떨어지지 말고……."

3계층의 어떤 통로에는 전투 중에 간츠가 기동시킨 함정과 연동하여 발동되는 함정이 숨겨져 있었다.

우연히 그 함정 위에 있던 미니츠의 발치가 열린 것이다.

그대로 두면 함정을 통해 지하 수로로 떨어져서 피라미드 바깥으로 배출되었겠지만, 빙의한 자쿠로의 꼬리가 겨우 미니츠의 몸을 잡아서 끌어올릴 수 있었다.

그렇게 3계층 이상에서는 숨겨진 연동 함정 때문에 함정을 쉽사리 이용하는 게 힘들어졌다.

그리고 어떤 때는―――.

"모두 도망쳐!"

"""———어?"""

위쪽 계층으로 올라가는 언덕길을 먼저 올라가서 정찰하고 온 간츠가 온 힘을 다해 언덕길을 내려와서 우리에게 경고했다.

그 직후, 멀리서 고오오, 무게감이 있는 물체가 통로 벽을 스치며 밀어닥치는 듯한 소리가 서서히 다가왔다.

온 힘을 다해 언덕길을 뛰어 내려오는 간츠 뒤에서 나타난 것은 거대하고 까만 쇠공이었다.

"서, 설마……."

"쇠공이 굴러온다! 도망쳐!"

"어째서 그렇게 되는 건데에에에에!"

우리도 유턴해서 온 힘을 다해 언덕길을 내려갔지만, 동시에 통로로 접어든 거대한 쇠공이 더욱 빠른 속도로 쫓아왔다.

"어째서 이렇게 되는 건데에에에에에!《존 인챈트》———, 스피드!"

거대한 쇠공은 도망치면서 봐도 무시무시한 질량감을 지니고 있었다.

저런 것에 뭉개지면 잠시도 버티지 못할 것이다.

"어디 도망칠 곳 없어?"

어딘가 샛길로 뛰어들 생각으로 지금까지 지나온 통로를 보았지만, 바로 그 순간 피라미드가 울리며 구조 변화가 일어나 앞쪽의 샛길이 닫히고는 안쪽 통로가 열렸다.

"아아아아앗! 왜 하필이면 이 타이밍에!"

"아무튼 계속 도망쳐! 멈추지 마!"

타쿠의 목소리를 들으며 뒤에서 쫓아오는 쇠공과의 거리를 확인했다.

"다음, 다음은 저쪽 통로야! 아니, 아아아아앗?!"

이번에는 다른 샛길을 찾아낸 간츠가 손가락으로 가리켰지만, 그 직후에 기묘한 비명을 질렀다.

통로의 샛길에서 미라 병사들이 잔뜩 나타나 통로를 가로막고 있었다.

"젠장, 몬스터 하우스의 미라 병사들이 빠져나왔어! 이대로 돌진하자!"

"아, 정말, 이제 자포자기다아아아아!"

들고 있던 무기를 [검은 소녀의 장궁]에서 전력질주를 하면서도 휘두를 수 있는 고기 써는 식칼 중흑으로 바꾼 다음, 몰려든 미라 병사들을 후려치며 길을 비키게 만들었다.

"걸리적거린다고! 비켜!"

스킬과 아츠로 단숨에 날려버릴 수도 있겠지만, 아츠를 사용한 이후의 경직 시간 동안 미라 병사들이 달려들어서 멈추게 된다.

이런 상황에서 멈춰서면 뒤쪽의 거대 쇠공에 치일 게 뻔했기에 일반 공격을 가하며 억지로 미라 병사들의 벽을 돌파했다.

벽을 빠져나와 뒤쪽을 힐끔 보자 거대 쇠공에 치여서 빛의 입자가 되는 미라 병사들이 보였다.

"좋아, 저기로 도망쳐!"

마음속으로 염불을 외운 다음, 타쿠가 손가락으로 가리킨 샛길로 들어가 쇠공을 피했다.

고오오, 눈앞을 통과하는 쇠공. 식은땀을 흘리며 통로 밖으로 고개를 내밀어보니 통로의 천장 석재 일부분이 삐져나와서 거기에 걸리는 형태로 쇠공이 멈췄고, 빛의 입자가 되어 사라졌다.

쇠공이 빛의 입자로 변해서 사라진 통로 막다른 곳에는 바닥이 열려서 빠지는 함정이 있었다.

쇠공의 진로 끝까지 통로의 샛길로 도망치지 않을 경우, 플레이어는 쇠공에 깔려 뭉개지거나 막다른 통로에 있는 함정에 빠져서 지하 수로를 통해 오아시스로 내던져지는 함정일지도 모르겠다.

"우와……, 장난 아니네."

"뭐, 도망치는 동안에 샛길이 여러 군데 있었으니까. 샛길로 들어가는 선택지가 있으니 그나마 낫지."

나와 함께 통로를 들여다본 타쿠가 그렇게 중얼거렸다. 우리는 아까 올라가던 언덕길로 다시 올라가서 드디어 피라미드의 제4계층에 도착했다.

"이 피라미드……, 최심부가 막다른 길이잖아."

함정을 경계하며 제4계층을 나아가던 간츠가 아무것도

없는 곳에 도착했다.

"이상하네……, 일단 지도로는 여기가 제4계층의 한가운데인데……."

사각뿔 형태의 피라미드는 위쪽 계층으로 올라갈수록 한 계층의 넓이가 좁아진다.

그 제4계층의 중심지점이 여기인 것이다.

"저기, 벽에 뭔가 그려져 있는데."

미니츠가 광마법 《라이트》로 빛덩이를 추가로 만들어내서 방을 비추자 피라미드 내부의 벽에 벽화와 상형문자가 빽빽하게 그려져 있었다.

"와아아……, 대단하네요. 그림하고 글자가……."

마미 씨가 방의 벽을 둘러보며 감탄하는 목소리를 내는 한편, 타쿠가 벽화를 스크린샷으로 찍었고, 케이는 방 안에서 불이 켜지지 않은 황금 촛대를 둘러보고 있었다.

"저기, 윤. 이 벽화에 뭐라고 적혀 있는지 알겠어?"

"아니, 아무리 [언어학] 센스가 있다 해도 이런 글자는……, 읽을 수 있네."

요즘은 [언어학] 센스를 별로 키우지 않았기에 자세한 정보까지는 읽을 수 없었지만, 간단한 문장만은 읽을 수 있었다.

"음———, '네 마리의 괴물을 쓰러뜨리고 봉인을 풀어라. 그리하면 위대한 왕을 알현할 수 있을 것이다'라는데."

"뭐, 보이는 그대로구나."

벽화에는 괴물 네 마리와 그에 맞서 창이나 활을 겨누고 있는 병사들이 그려져 있었다.

벽화에 나온 괴물 네 마리와 촛대 네 개, 그리고 닫힌 방이다.

지정된 MOB을 쓰러뜨리면 쓰러뜨린 증거로 촛대에 불이 켜지고, 모든 MOB을 쓰러뜨리면 마지막 계층으로 가는 문이 열릴 것이다.

일단 마미 씨의 화속성 마법이나 빙의한 자쿠로의 여우불을 꺼진 황금 촛대에 붙여보았지만, 불이 켜지지 않는 것도 검증했다.

"저기, 이 벽화. 사막을 횡단할 때 우리를 습격했던 거대 메기 아니야?"

벽화이기 때문에 간략화되어 있긴 하지만, 두꺼운 입술과 긴 수염을 가지고 모래를 헤엄치는 그 괴어는 아무리 봐도 우리가 사막에서 마주쳤던 대형 MOB———, 샌드 캣피쉬였다.

다른 벽화에는 하반신에 불꽃, 소용돌이, 모래를 두르고 있는 세 마인, 하늘을 날아다니는 거대한 솔개, 여자 얼굴과 사자의 몸통, 날개를 지닌 괴물 벽화가 있었다.

[언어학] 센스의 레벨이 부족해서 그런지 어디에 나타나는지나 약점이 무엇인지 같은 정보를 얻을 수는 없었지만, 벽화와 이 공간의 상황을 보면 직감적으로 기믹을 알아챌 수 있게 되어 있었다.

"자, 일단 어느 정도 조사해 봤는데 더 이상은 아무것도 없을 것 같으니까 돌아갈까."

"음......, 이 안쪽에는 중간 보스 네 마리를 쓰러뜨려야만 갈 수 있는 건가."

뭐, 사막 에어리어의 랜드마크인 피라미드는 마지막에 공략할 수 있는 게 더 그럴싸할지도 모르겠다.

"그건 그렇고, 또 그 함정이 있는 곳으로 돌아가야 하나......."

미라 병사와 게이저, 그 밖에도 여러 종류의 MOB과 마주쳤던 피라미드 내부를 수많은 함정을 피하며 돌아가야 한다고 생각하니 우울해졌다.

그냥 죽어서 돌아가는 게 빠르려나, 그렇게 생각하던 와중에......

"그런 건 한 방에 해결할 수 있잖아? 간츠!"

"그래, 영차......."

간츠가 통로 바닥의 일부를 세게 밟자 약간 앞쪽 바닥이 열렸고, 몇 번째인지 모를 함정이 나타났다.

"이대로 지하 수로를 통해서 단숨에 바깥으로 나갈까!"

"뭐......, 대충 예상하고 있긴 했는데, 이런 패턴이구나."

함정 안을 들여다보니 그래도 제4계층이라 수직으로 지하 수로까지 떨어뜨리는 게 아니라 미끄럼틀처럼 미끄러운 경사가 달려 있었고, 그걸 통해 지하 수로까지 가게 되는 모양이었다.

"그럼, 먼저!"

"아, 잠깐만 기다려! 나도 갈 거야!"

그리고 간츠가 제일 먼저 뛰어들자 그 뒤를 이어 미니츠도 미끄러져 내려갔다.

지하 수로에 떠내려갈 때 불편한 갑옷을 인벤토리에 넣은 케이도 마미 씨와 함께 천천히 함정의 미끄럼틀을 내려갔다.

"자, 우리도 갈까……."

"휴우……, 좋아, 가볼까!"

나는 심호흡을 하고 나 자신의 뺨을 때리면서 기합을 넣은 다음, 지하 수로로 이어지는 함정에 뛰어들었다.

그리고 타쿠와 함께 미끄럼틀을 타고 내려가서 물이 가득찬 지하 수로에 뛰어든 뒤, 흐름에 몸을 맡겼다.

"아~, 이렇게 차분하게 흘러가니까 좀 재미있는 것 같기도 하고……."

"늦더위가 아직 남아 있으니까. 아직은 아슬아슬하게 여름을 즐길 수 있겠어!"

수로의 수면 밖으로 고개를 내민 나와 타쿠는 그런 말을 주고받으며 오아시스로 내던져졌다.

사막 에어리어의 피라미드 탐색은 딱히 이렇다 할 성과를 얻지 못해서 약간 아쉬운 느낌으로 끝났다.

하지만 가끔은 이런 식으로 모험을 끝내도 괜찮지 않을까. 그렇게 생각하며 젖은 옷을 짜고는, 오아시스 가장자리에서 쉬며 모두와 함께 웃었다.

# 5장 호버 크래프트와 난이도의 벽

피라미드의 막다른 곳까지 탐색한 우리는 다음에 뭘 할지 정하지 못한 채 다시 함께 모험을 하자는 약속을 하고 헤어졌다.

그리고 며칠 동안, 나는 혼자서 오토나시와 랑그레이가 가르쳐준 강가에서 사금을 캐거나 해안 근처까지 가서 소재를 주워 모으고 있었다.

"혼자서는 사막 에어리어를 돌아다니기 힘드니까 이 정도밖에 못 한단 말이지. 오, 백금이 나왔네."

지금은 강가의 모래를 떠서 금이나 플래티넘 자갈을 꾸준히 모으고 있다.

사막 에어리어의 땡볕 아래에서 금이나 백금, 데저트 글래스를 채집할 만한 의욕은 없었기에 하는 김에 [열기 내성] 센스를 장비해 여기서 레벨을 올리고 있다. 지금은 12레벨까지 올렸다.

"휴우, 백금 자갈이 87개, 데저트 글래스 덩어리가 42개라……."

금 자갈은 그리 가치가 높지 않고, 애초에 피라미드 던전에 출현하는 미라 병사가 드롭한 금 액세서리를 녹여서 주괴로 만드는 게 효율은 더 좋다.

"마기 씨도 백금 같은 걸 쓸 테니까 조금 가지고 갈까?"

나는 곧바로 프렌드 통신을 통해 마기 씨에게 연락했다.

『윤 군, 오랜만이야. 저번에 찾던 소생약 제한 해제 소재는 찾았니?』

"선플라워는 찾았어요. 사막 에어리어에는 없었지만, 시치후쿠가 외딴섬 에어리어에 있다는 걸 가르쳐주고 씨를 나누어주었거든요."

오랜만에 연락한 마기 씨는 내가 소생약의 제한 해제 소재를 찾던 걸 기억하고 있었던 모양이었다.

마침 그것까지 보고할 수 있어서 잘됐다.

『축하해, 윤 군! 그런데 오늘은 무슨 일이야? 무슨 용건이 있어?』

"실은 사막 에어리어에서 백금 자갈하고 데저트 글래스 덩어리라는 소재를 모아서 나눠드릴까 하고요."

『정말로?! 우리도 조만간 사막 에어리어로 가볼 생각이었는데!』

프렌드 통신 너머로 마기 씨가 신이 난 게 티 났기에 덩달아 나도 기뻐졌다.

『지금 클로드랑 리리하고 모여서 리리의 [개인 필드]에 있거든. 그 두 사람하고 같이 있을 테니까 윤 군도 와!』

"생산직들끼리 다과회를 하고 계셨나요? 다른 일정도 없으니까 바로 갈게요."

『꼭 보러 와!』

이히히, 하고 뭔가 꿍꿍이가 있는 듯이 웃는 마기 씨. 이번에는 뭘 보여줄지 약간 기대하며 오아시스의 포탈을 통해 제1마을로 전이했다.

그곳에서 [리리의 목공점]으로 가자 점원 NPC가 리리의 [개인 필드]로 이어지는 문 앞까지 안내해 주었다.

"마기 씨네는 이번에 뭘 만들고 있을까?"

"으아아아아아앗, 누가 좀 멈춰줘어어어어어!"

기대 반, 불안 반인 심정으로 [개인 필드]의 문을 열자 리리의 건조 독에서 폭발음이 울리고 있었다.

부우우우우우우웅———, 간헐적으로 울리는 바람 소리가 멀리에서도 들렸고, 건물 안에 쌓여 있던 목재 부스러기가 솟구쳐 입구와 창문 밖으로 흘러나와서 하얀 연기처럼 보이기도 했다.

"어? 저게 뭐지?"

그렇게 생각한 직후, 조선 독에서 튀어나온 그것이 무인 상태로 시계 방향으로 돌며 전진하고 있는 게 보였다.

마치 불꽃놀이 같았기에 멍해졌다.

그리고 조선 독에서 튀어나온 무언가를 뒤쫓아서 마기 씨와 클로드, 리리도 나왔다.

"이봐~! 마기 씨, 클로드, 리리! 지금 대체 무슨 상황이야?"

"윤 군, 와줬구나! 부탁이야, 저걸 멈추는 걸 도와줘!"

마기 씨가 나를 알아보고는 큰 목소리로 외쳤지만, 저렇게 회전하며 전진하는 물체를 어떻게 해야 멈출 수 있을지 짐작도 되지 않았다.

우선 마기 씨 일행과 합류한 나도 계속 회전하는 수수께 끼의 물체를 쫓아갔다.

"윤! 최대한 기관부가 상하지 않게끔 멈추는 걸 도와다오!"

"아니, 그냥 멈추는 것보다 난도가 더 올라갔잖아! 그런 데 애초에 저건 뭐야?"

폭음을 울리며 회전하는 물체에 목소리가 묻히지 않게끔 나도 소리치며 묻자 리리가 대답해 주었다.

"윤찌! 호버 크래프트야!"

"호버 크래프트?! 저게?!"

호버 크래프트란 수면이나 지면을 향해 공기를 내뿜어서 부력을 얻으며 프로펠러 등의 추진력으로 나아가는 수륙양 용 탈것이다.

시험 제작품이라 그런지 외장 같은 게 갖춰져 있진 않았 지만, 선체 아래쪽에서 뿜어져 나오는 폭풍이 고무 튜브를 부풀리고 선체를 띄우고 있다는 게 보였다.

그리고 선체 뒤쪽으로 뻗은 노즐이 공기를 뿜어내며 추진 력을 얻고 있지만, 그 각도가 잘못 잡혀서 오른쪽으로 계속 돌며 전진하는 것이다.

"그럼 주위의 고무 튜브에 구멍을 뚫으면 공기가 빠져서 멈추지 않을까?"

"고무 튜브 안에는 항상 공기가 공급되고 있으니까 구멍 이 어느 정도 뚫리더라도 쭈그러들지 않는다! 그리고 저 선 체용 고무 튜브를 만드는 데 시간이 오래 걸렸다고! 최대한 흠집을 내지 말아줘!"

그렇게 클로드가 애원하자 나는 어쩔 수 없다는 듯이 한숨을 내쉬고는 손을 들어 올렸다.

"──《스톤 월》!"

타이밍을 재다가, 호버 크래프트 바로 밑에서 돌벽을 만들어 올린 뒤 선체를 걸치게 해서 비스듬히 기울였다.

선체 아래쪽에서 방출되던 공기가 제대로 지면에 닿지 않게 되었기에 부력을 만들어낼 수 없게 되었고, 호버 크래프트가 공기를 토해내면서도 폭주를 멈췄다.

"좋아, 바로 멈추자!"

클로드가 비스듬히 기운 호버 크래프트에 올라타서 공기 공급을 멈추자 폭주하던 호버 크래프트가 멈췄다.

"마기 씨가 불러서 왔는데, 진짜로 뭘 만들고 있었던 거야?"

멈춘 호버 크래프트를 리리의 식림장에서 일하는 합성 MOB들이 옮겼다. 그걸 바라보면서 묻자 클로드가 돌아보고는 대답해 주었다.

"외딴섬 에어리어에서 고무 소재를 발견했잖아? 처음에는 러버 계열 방어구를 만들까 했는데, 이왕이면 리리까지 끌어들여서 호버 크래프트를 만들어 볼까 했지."

"나는 원래 사막 에어리어를 횡단하기 위해서 탈것을 만들려고 했으니까 클로찌하고 같이 만들기로 했지!"

원래는 리리도 윈드 서핑 같은 탈것으로 사막을 달릴 수 있게끔 이것저것 만들다가 클로드가 끼어들자 호버 크래프트를 만들게 된 모양이었다.

"두꺼운 천에 고무를 바른 에어 쿠션을 이용하고, 운반선의 동력으로도 사용했던 합성 MOB 엔진을 채용한 형태지."

"일단 공기로 선체를 띄우기 위해서 공기의 방출 기관 같은 금속 부품을 경량화시키는 쪽으로 나도 참여하게 되었고."

"그렇구나……."

일단 외딴섬 에어리어에서 발견한 고무 소재는 고무 화살이나 고무탄 등 나와 마기 씨도 쓰고 있긴 하지만, 설마 이렇게까지 커다란 물건을 만들 줄은 몰랐다.

"이게 완성되면 아무리 사막 에어리어의 시간 제한이 있다 하더라도 플레이어를 사막 에어리어의 어디에나 데려다줄 수 있겠지!"

"오~, 대단하긴 하네……."

우회전만 하고 있긴 했지만, 그렇게 빠른 속도로 많은 인원을 수송할 수 있다면 괜찮은 이동 수단 아닐까.

"완성되면 [팔백만]의 미카즈치찌네에게 부탁해서 암피스바에나를 쓰러뜨리러 갈 생각인데, 그러기 전에 윤찌가 사막 에어리어에 대해 가르쳐줬으면 좋겠어."

그렇게 말한 리리에게 내가 고개를 끄덕였다.

"알겠어. 그럼 쉬면서 이것저것 이야기해줄게."

그리고 일단 조선 독에 호버 크래프트를 넣은 다음, 클로드가 준비한 테이블에 앉아서 사막 에어리어에 대한 이야기를 입수한 소재까지 더불어 해나갔다.

———사막 에어리어의 환경.

———사막을 횡단하던 도중에 일시적으로 협력 관계를 맺은 우호 MOB인 캐러멜 카멜과 그 젖을 짜서 손에 넣은 [사막 낙타의 카멜 밀크]로 만든 음료.

———오토나시와 랑그레이가 가르쳐준 강가의 채집 포인트에서 얻을 수 있는 금이나 백금 자갈, 숫돌, 다이아몬드 같은 소재의 정보.

———강을 내려가서 도착한 해변에서 손에 넣은 데저트 글래스 덩어리라는 보석 계열 아이템.

———[OSO 어업조합]의 시치후쿠에게 받은 선플라워 씨와 그 씨를 볶아서 초콜릿으로 코팅한 초코 과자를 다 같이 시식.

———그리고, 피라미드 던전에는 어떤 적 MOB이 출현하고, 어떤 함정이 있었는지 등의 경험을 직접 그린 지도와 4계층의 벽화를 찍은 스크린샷 등을 보여주며 설명했다.

"호오, [신비의 흑광유]라……, 대장간에 새로운 냉각유로 쓸 수는 없을까."

"역시 사막 에어리어에는 내가 쓸만한 목공 소재는 없나……, 그래도 이 카멜 밀크로 만든 음료하고 초코 과자는 맛있네."

"데저트 글래스의 형광빛 녹색은 아름답군. 복장의 멋을 살리는 장식에 쓰고 싶은데."

마기 씨, 리리, 클로드 순서로 감상을 말한 다음, 테이블에 꺼내놓은 아이템을 들었다.

그리고 마기 씨와 클로드에게는 백금 자갈과 데저트 글래스 덩어리, 리리에게는 초코 과자와 카멜 밀크로 만든 커피 우유를 선물로 주다가 문득 여기 꺼내놓지 않은 아이템이 생각났다.

"저기, 클로드. 이 아이템, 필요 없어?"

"응? 뭐지? 이 눈알은?"

"피라미드 던전에 출현한 적 MOB, 게이저가 드롭한 [유혹의 마안구]라는 보석 아이템."

내가 꺼낸 것은 대량의 미라 손과 맞바꿔서 떠맡게 되어버린 소재였다.

하지만 솔직히 게이저가 드롭한 그 아이템의 이름과 결정체의 무시무시한 생김새 때문에 별로 가지고 있고 싶지 않았던 것이다.

"호오……. 꽤 내 취향에 맞는 소재잖아? 그래서, 효과는?"

"장식 소재로 사용하면 INT가 올라가고 LUK이 떨어져. 그런데 가지고 있으면 저주받을 것 같고, 내 취향도 아니니까, 줄게."

그리고 저번에 사막 에어리어를 대비한 열기 내성 장비에 대해 함께 의논해준 보답이다.

"흐음. 준다면 사양하지 않고 받도록 하지. 나도 뭔가 찾아내면 융통해주도록 하마. 자, 휴식도 했으니 호버 크래프트의 최종 조정에 들어가 볼까."

불길한 눈알처럼 생긴 보석을 인벤토리에 넣은 클로드가 자리에서 일어서서 호버 크래프트 쪽으로 돌아섰다.

"응, 열심히 하자. 클로찌!"

"내가 도울 수 있는 건 이제 없으니까, 열심히 해~."

나는 뤼이와 자쿠로, 그리고 새롭게 들어온 장난꾸러기 요정 플랜을 소환한 다음, 마기 씨네 파트너인 리쿠르와 네시아스, 쿠츠시타 같은 아이들과 장난을 치면서 클로드와 리리가 호버 크래프트를 만들어가는 모습을 바라보았다.

"사실은 완성된 걸 윤 군에게 보여주고 놀라게 해주고 싶었는데, 이상하게 실패한 모습을 보여줘서 미안해."

"아뇨, 괜찮아요. 놀라긴 했지만, 형태를 갖추고 움직이는 걸 보기만 해도 즐겁거든요."

회전하면서 전진하는 호버 크래프트를 보고 놀라긴 했지만, 오히려 저렇게까지 완성도가 높은 시험 제작품을 만들었다는 게 더 놀라웠다.

그리고 진행 방향을 제어하는 기관의 조정을 마친 클로드와 리리는 드디어 호버 크래프트의 시험 제작품을 완성했다.

"마기찌, 윤찌, 타! 다시 시승해보자!"

"그래, 알겠어. 윤 군, 가자."

"좀 전에 실패한 모습을 봐서 좀 무섭긴 한데……, 타 볼까."

나와 마기 씨 말고도 자쿠로와 클로드의 파트너인 쿠츠시타가 호버 크래프트에 탔고, 뤼이와 마기 씨의 파트너인 리쿠르는 성수화해서 나란히 달릴 수 있게끔 준비했다.

"내가 조종하지! 그럼, 간다!"

즉석으로 만든 좌석에 앉아서 벨트를 조이자 바람막이도 없는 오픈 상태인 호버크래프트가 발진했다.

배 아래쪽에 들어있는 합성 MOB인 윈드 젤들이 거센 바람을 뿜어내자 에어 쿠션이 부풀어 올랐고, 선체 위치가 약간 올라갔다.

"———발진~!"

리리가 바람 소리에 묻히지 않을 만큼 크게 소리치며 앞쪽을 가리켰다. 리리의 어깨에 앉아 있던 네시아스가 앞장서서 날아갔다.

추진력을 만들어내는 뒤쪽 노즐에서 바람이 방출되었고, 그 반작용으로 인해 선체가 서서히 앞으로 나아가면서 가속하기 시작했다.

"오, 오오……, 움직였어!"

"그래, 정말이네! 움직였어."

서서히 가속한 호버 크래프트가 바람 소리를 울리며 리리의 개인 필드 평원을 질주하기 시작했다.

자쿠로는 호버 크래프트의 바람 소리가 시끄러운지 두 귀를 납작하게 누르고는 내게 달라붙으려는 듯이 꼬리를 내팔에 휘감고 있었다.

쿠츠시타는 호버 크래프트를 제어하는 클로드의 어깨에 달라붙은 채 바람을 쐬고 있었다.

뤼이와 리쿠르, 하늘을 날아가는 네시아스는 호버 크래프트와 나란히 달려도 여유로운 걸 보니 호버 크래프트의 속도가 더 느린 것 같았다.

하지만 여러 플레이어를 단번에 운반할 수 있는 호버 크래프트는 다른 장점이 있는 탈것이다.

"그건 그렇고———, 시끄러워!"

쿠오오오오오, 바람 소리가 너무 커서 옆에 앉은 마기 씨와 이야기를 나눌 때조차 소리를 질러야만 했다.

"좋아, 선회한다!"

"어? 뭐라고? 안 들려———, 으아앗?!"

클로드가 돌아보며 뭐라고 소리쳤지만, 잘 들리지 않아서 되물었다.

그 직후, 왼쪽으로 크게 선회하기 시작한 호버 크래프트의 원심력으로 인해 몸이 기울었다.

"오옷?! 윤 군, 괜찮아?"

"어, 으앗?! 마기 씨, 죄송해요!"

원심력으로 인해 기운 몸이 마기 씨의 가슴에 뛰어드는 듯한 형태가 되었다. 마기 씨가 받쳐주어 급하게 자세를 바로잡았다.

"이번에는 오른쪽으로 돈다!"

"어? 꺄악?!"

그리고 이번에는 마기 씨가 나를 끌어안듯 품속으로 뛰어들었기에 받쳐주었다.

"윤 군, 미안해. 무거웠지."

"괘, 괜찮아요."

받쳐줄 때 닿았던 마기 씨가 부드러웠지. 부끄러워져서 고개를 숙였다.

그리고 호버 크래프트가 리리의 조선 독으로 돌아가 시운전을 마쳤다.

"휴우, 조종 성능은 문제가 없는 것 같은데, 뭔가 의견 있나?"

"나는 재미있었어! 속도를 더 내고 싶었을 정도야!"

리리는 제트 코스터 같은 놀이기구처럼 재미있었던 모양이었다.

하지만 나와 마기 씨가 보기에는 별로였다.

"소리가 너무 시끄러워서 목소리가 안 들려. 좀 더 조용했으면 좋겠으니까, 호버 크래프트에 [소음] 추가 효과 같은 걸 넣을 순 없을까?"

귀 안쪽에 바람 소리가 계속 남아 있는 게 기분 나쁘게 느껴져서 그렇게 제안했다.

[소음] 추가 효과는 단순히 소리의 발생을 막아주는 추가 효과이기 때문에 척후 계열 플레이어의 신발 장비 등에 부여하는 경우가 많고, 내 망토인 [몽환의 주민]에도 달려 있었다.

"내가 보기에는 승차감이 문제야. 좌우로 선회할 때, 원심력 때문에 탄 사람이 좌우로 휘둘리는 건 어떻게 좀 했으면 좋겠던데. 호버 크래프트의 조향 변화폭을 제한하면 급

커브 때 원심력을 억누를 수 있겠지."

"그 정도라면 금방 할 수 있을 것 같은데, 클로찌."

"그렇지. 우선 가지고 있는 [소음] 강화 소재를 써보도록 하지."

나와 마기 씨의 의견을 들은 클로드와 리리가 곧바로 개선안을 실행해 주었다.

내 생산 분야로는 작업에 직접 참가할 수 없지만, 시승을 몇 번 하고 개선안을 내는 식으로 협력하여 드디어 만족스러운 형태로 호버 크래프트를 완성할 수 있었다.

●

호버 크래프트가 완성되자 마기 씨 일행이 선보이는 자리를 마련했다. 나는 그걸 위해 자세한 이야기를 하지 않고 타쿠 일행을 불러모아서 사막 에어리어의 오아시스에서 기다리고 있었다.

"저기, 윤. 여기서 기다리고 있으면 마기 씨네가 온다는 거지?"

"그래, 좀 전에 세이 누나네하고 협력해서 사막 에어리어로 들어온 모양이야."

나는 타쿠의 질문에 대답하며 천을 펼쳐서 오아시스에 만든 그늘에서 마기 씨 일행이 오기를 기다리고 있었다.

"윤은 마기 씨네가 새롭게 뭘 만들었는지 들은 거 없어?

나한테도 좀 가르쳐줘."

"나도 알고 싶은데."

간츠와 미니츠가 갑작스러운 발표로 인해 뭘 보게 될지 흥미진진한 모양이었다.

"그건 올 때까지 비밀이야."

유일하게 선보일 것에 대해 알고 있던 나는 정보를 누설하지 않게끔 추궁을 계속 피했다.

"윤, 신이 난 것 같은데. 얼굴이 실룩거리고 있어."

"어? 말도 안 돼?!"

타쿠가 지적하자 급하게 얼굴에 두 손을 가져다 댔다.

보아하니 호버 크래프트가 등장했을 때 모두가 보일 반응을 상상하면서 싱글거리고 있었던 모양이다.

"윤은 금방 얼굴이라고 해야 하나, 태도에 드러나니까. 알아보기 쉽다고."

그런 말을 들으며 놀림당한 나는 어깨를 축 늘어뜨렸다.

"으윽……, 그래도 뭘 선보일지는 더 이상 물어보지 마."

"그렇게 촌스러운 짓은 안 해. 그래도 윤이 이럴 정도면 기대할 만한 거잖아?"

"그야 물론이지."

내가 힘차게 고개를 끄덕이자 오아시스 북쪽에서 모래먼지가 피어오르는 게 보이기 시작했다.

"보아하니 온 것 같군."

조용히 기다리고 있던 케이가 일어서서 뭐가 다가오는지

살펴보기 위해 눈을 가늘게 떴고, 그 옆에 다른 사람들도 나란히 섰다..

"저게 뭐지? 대형 사역 MOB인가?"

"아뇨, 저건, 배? 그런데 사막에서 배를 타나요?"

사막의 모래 언덕에 가려져서 한순간 사라졌지만, 그 모래 언덕을 단숨에 뛰어넘고 높게 도약한 모습을 보자 모두가 그 정체를 눈치챘다.

"────윽?! 호버 크래프트라고? 저런 걸 만들다니!"

"대단하네~, 멋있잖아!"

"어? 설마 저걸 탈 수 있는 거야?! 마미, 기대되지?"

"네, 네……, 그래도 저는, 낙타들도 좋아, 하는데요."

케이가 경악했고, 눈을 반짝이는 간츠와 미니츠가 환호성을 질렀다.

마미 씨만은 저렇게 빠른 속도로 달리는 호버 크래프트를 보고 겁을 먹은 건지 낙타형 MOB인 캐러멜 카멜을 힐끔거리고 있었다.

간츠 일행의 반응을 본 내가 곁눈질로 타쿠를 보니 입을 약간 벌리고 있을 뿐, 반응을 보이지 않았다.

"타쿠, 어때? 호버 크래프트, 대단하지?"

"아하하하하, 예상했던 것보다 몇 배는 더 뛰어넘어서 너무 놀란 나머지 말도 안 나온다. 역시 생산직은 스케일이 다르구나."

헛웃음 소리를 내는 타쿠. 어느 정도는 놀라게 만들어줄 수 있어서 만족했다.

그리고 잠시 후, 모래 위를 미끄러지듯이 나아가던 호버 크래프트가 오아시스 앞에 멈춰 마기 씨 일행이 내렸다.

"다들 기다렸지!"

호버 크래프트 위에서 마기 씨가 일어나 우리에게 말을 걸었다.

호버 크래프트의 운전석에는 클로드. 좌석에는 리리, 그리고 사막 에어리어로 들어오기 위해 보스인 암피스바에나를 쓰러뜨리는 데 협력해준 세이 누나와 미카즈치, 사막 에어리어를 잘 아는 안내 담당 오토나시와 랑그레이도 타고 있었다.

모두 합쳐서 플레이어 7명이 호버 크래프트에 타고 있는데, 거기에 우리가 다 타더라도 여유가 있을 것 같았다.

"좋아, 일단 좀 쉴까. 아직 오아시스 도시의 포탈을 등록하지 않은 사람은 포탈을 등록하러 가자고. 그리고 돌아오면 호버 크래프트를 점검한 뒤에 출발하자!"

클로드가 호버 크래프트의 엔진을 끄자 아래쪽으로 방출되던 공기가 멈췄고, 부풀어 올라 있던 에어 쿠션이 쪼그라들었다.

그리고 리리가 호버 크래프트에서 줄 사다리를 내려서 타고 내려왔다.

"그럼, 나중에 봐."

타쿠 일행과 가볍게 인사를 나눈 마기 씨 일행은 포탈을 등록하기 위해 오아시스 도시 중심으로 향했다.

그동안에 세이 누나와 미카즈치 일행도 타고 온 호버 크래프트에서 내려서 그 탈것을 올려다보고 있었다.

"세이 누나, 고생했어. 승차감은 어때?"

"윤, 정말 좋았어. 그렇게 힘든 사막 에어리어를 이렇게 편하게 이동할 수 있다니, 깜짝 놀랐다니까."

"처음 사막 에어리어에 돌입했을 때는 힘들었지……. 모래에 발이 빠지고, 제한 시간에 쫓기면서 나아가고, 몇 번 정도 죽어서 돌아가기도 하고. 최종적으로는 세이의 빙마법으로 만들어낸 냉기 덕분에 겨우 버틸 수 있었어."

호버 크래프트에 감동한 세이 누나와는 달리 미카즈치는 자신들이 사막을 횡단했을 때를 떠올리며 감정을 담아 중얼거렸다.

톱 플레이어인 세이 누나와 미카즈치는 정보 없이 최전선 에어리어에 도전하고 있기에 사막 에어리어 같은 괴로운 상황도 이미 경험했을 것이다.

사막 에어리어의 열기 환경과 목숨이 걸린 제한 시간도 그렇다.

장비와 센스로 [열기 내성]을 올리거나, 세이 누나 정도로 강력한 [빙마법]의 냉기가 있다면 사막 에어리어의 환경 기믹을 어느 정도 없앨 수 있을지도 모르겠다.

"그러고 보니까 아가씨들은 피라미드 안쪽까지 갔지. 고생했어."

"그래, 세이 누나랑 미카즈치네도 도전해본 적이 있어?"

"응, 사막 에어리어의 오아시스에 도착하자마자 바로. 일단은 네 종류의 보스에 대해서는 알고 있긴 하지만, 그 밖에도 우선시하고 싶은 에어리어가 있어서 나중으로 미뤄두었거든."

역시 톱 길드 [팔백만]의 세이 누나 일행이다. 우리가 찾아낸 정보를 이미 알고 있었던 것 같다.

하지만 OSO에서는 계속 새로운 에어리어와 퀘스트, 콘텐츠가 늘어나기 때문에 사막 에어리어만 집중해서 공략할 수는 없다.

"이번에는 클로 일행을 사막 에어리어로 데려다주는 의뢰를 받았으니 온 김에 사막 에어리어 순회에 편승해서 소재를 모을 예정이야."

미카즈치는 동행한 [팔백만]의 생산직인 오토나시와 랑그레이를 손가락으로 가리키며 운이 좋다면 네 종류의 보스와 마주쳐서 쓰러뜨리고 싶다고 말했다.

그러고 있자니 마기 씨 일행이 포탈을 등록하고 잠깐 휴식하다가 돌아왔다.

"그럼 다들 타! 사막의 오벨리스크 순회를 시작하자!"

리리가 던져서 내린 줄사다리를 타고 모두가 올라가서 호버 크래프트의 좌석에 앉았다.

처음 갈 곳은 동쪽 오벨리스크 밑에 있는 포탈이다.

그곳에서 사막 에어리어의 가장자리를 시계 방향으로 돌

며 남쪽, 서쪽 포탈을 등록하고 호버 크래프트의 성능을 확인하려는 것 같았다.

부드러운 쿠션이 달린 좌석과 흔들렸을 때 잡을 수 있는 손잡이 등, 시험제작품을 만들었을 때보다 좌석의 승차감이 훨씬 개선된 상태였다.

"―――출발한다!"

"오오, 달리기 시작했어!"

천천히 가속하기 시작한 호버 크래프트에서 경치를 바라본 간츠 같은 사람들이 흥분해서 소리쳤다.

"순조로운 것 같네……."

[소음]이나 [인식 저해] 계열 추가 효과 등을 호버 크래프트에 부여해두었기에 마치 사파리 파크 관광 버스처럼 적 MOB에게 공격당하지 않았다.

"오, 저 종류의 적 MOB은 처음 보는데!"

"저건 사보텐 리저드로군. 몸 전체에 뾰족한 가시가 돋아난 적 MOB이야."

"저쪽에 있는 건 록 스카라베구나. 모래를 점액으로 굳혀서 만든 바위로 공격하지."

내가 본 적 MOB에 대해 앞자리에 앉은 미카즈치와 세이 누나가 설명해 주었다.

몸 전체에 선인장처럼 가시가 돋아난 대형 도마뱀이 사막을 느긋하게 걸어가는 모습, 커다란 쇠똥구리가 물구나무서서 자기가 만든 구 형태의 모래 바위 덩어리를 굴리고 있는 모습 등을 차광 고글 너머로 관찰하며 스크린샷으로 찍어나갔다.

"다들 손잡이를 잡고 충격에 대비해!"

"어, 잠깐만."

그리고 클로드가 조종하던 호버 크래프트가 커다란 모래 언덕을 단숨에 올라간 다음, 그 기세를 유지하며 점프했다.

"———어, 으아아아아아앗! (꺄아아아아아아악)!"

모래 언덕을 뛰어넘은 다음, 한순간 지면을 떠난 부유감 때문에 나는 한심한 목소리를 냈다.

호버 크래프트를 처음 탄 미니츠와 마미 씨도 여자답게, 하지만 미니츠는 즐거운 듯이, 마미 씨는 진짜 비명을 질렀다.

그리고 낙하와 동시에 오게 될 충격을 각오하며 눈을 꽉 감고 대비했지만, 호버 크래프트의 에어 쿠션이 착지의 충격을 흡수해주어서 생각보다 흔들리진 않았다.

"허억, 허억……, 깜짝 놀랐네."

"아~, 재미있었어! 한 번 더 점프하면 안 될까?"

좌석 뒤쪽을 돌아보며 미니츠와 마미 씨의 상황을 확인해보니 흥분한 듯이 기뻐하는 미니츠에게 안긴 마미 씨가 안경이 어긋난 채 굳어 있었다.

"마미 씨, 괜찮아?"

"솔직히, 죽는 줄 알았어요. 역시 낙타가 더 좋네요……."

약간 울상을 지은 마미 씨를 보고 호버 크래프트는 편리한 도구지만, 사람에 따라 취향이 다른 것 같다고 생각했다.

"일단, 속도만 놓고 보면 사역 MOB의 이동 속도로도 따라잡을 수 있는 정도니까 다음 휴식 시간 때 캐러멜 카멜을 부르자."

모래 언덕을 뛰어넘은 점프가 무서웠는지 깜짝 놀랄 정도로 겁을 먹은 채 고개를 끄덕이는 마미 씨.

그리고 다시 호버 크래프트로 나아가던 도중———.

"오, 저기, 소재의 채굴 포인트 아니야? 이봐~, 여기서 잠깐만 멈춰줘!"

바깥으로 보고 있던 랑그레이의 말을 듣고 호버 크래프트가 멈췄고, 거대한 운석의 암석 지대를 발견한 나와 마기 씨, 오토나시와 랑그레이가 그 채굴 포인트의 바위에서 [운성강 덩어리]와 다양한 광물 소재를 채굴했다.

그리고 어떤 때는———.

"아잇! 역시 참을 수가 없어! 잠깐 적 MOB을 쓰러뜨리고 올게!"

"이, 이봐, 간츠?! 어쩔 수 없지. 나도 다녀올게! 나중에 따라잡을 테니까!"

동쪽 오벨리스크를 앞두고 참지 못하게 된 간츠가 달리던 호버 크래프트에서 뛰어내렸고, 타쿠도 따라갔다.

"나도 적 MOB을 좀 쓰러뜨리고 싶으니까 일단 여기서 내릴게!"

"나는 윤하고 같이 있을 테니까 다녀와~."

뒤따라 나선 미카즈치를 세이 누나가 배웅했다.

"괜찮은 거야? 저거?"

갑작스럽게 일어난 일이라 제대로 반응하지도 못하고 멍해져 버렸다.

그대로 나아가는 호버 크래프트 위에서 돌아보며 서서히 작아지는 타쿠 일행을 바라보았다.

"다들 너무 자유롭잖아……."

"자, 자, 우리가 기다리는 동안에 따라잡을 거야."

"그리고 동쪽 오벨리스크 주변에는 보석 채굴 포인트가 잔뜩 있지! 거기서 시간을 때우자고!"

어이없어하는 나를 마기 씨가 달랬고, 랑그레이가 소재의 정보를 가르쳐 주었다.

"다이아몬드가 나온다고 했던가?"

저번에 들었던 정보를 떠올린 내 흥미는 이미 새로운 소재에 쏠렸다.

"맞아, 그런데 꽤 힘들단 말이지. 오아시스 도시에서 동쪽 오벨리스크를 향해 걸어서 이동하는 거. 겨우 포탈을 등록하는 데 성공하긴 했지만, 세이프티 에어리어에서 벗어난 적 MOB에게 금방 죽어버렸단 말이야."

"겨우 가지고 돌아온 소재 안에 우연히 다이아몬드 원석이 섞여 있긴 했는데, 소재를 채집하는 게 정말 힘들었지."

감정을 담아 자신들의 실제 체험에 대해 말한 랑그레이에게 오토나시가 맞장구를 쳤다.

하지만 지금은 우리를 호위해 줄 세이 누나 같은 사람들이 있다.

뭐, 타쿠하고 간츠, 미카즈치는 잠깐 MOB을 사냥하러 나갔지만…….

"오벨리스크가 보인다! 슬슬 멈출 거야!"

클로드의 목소리를 듣고 앞쪽을 보니 오벨리스크가 바로 앞에 있었다.

"좋았어~! 타쿠 군이랑 미카즈치 씨가 돌아오기 전까지 다이아몬드를 찾아내자!"

그리고 금방 오벨리스크에 도착한 우리는 호버 크래프트에서 내려서 포탈을 등록한 다음, 사막의 채집 포인트를 파내서 소재를 채집하기 시작했다.

보들보들한 모래를 삽으로 파내고 그곳에서 발견한 것은 보석의 원석과 화석, 데저트 글래스 덩어리, 운성강 파편, 사막에서 죽은 생물의 뼈로 보이는 물체 등.

특히 화제로 나왔던 다이아몬드는 희귀한 보석이라 척 보기에도 원석의 입수량이 적었다.

"음~. 다양한 소재를 손에 넣긴 했는데, 기대에는 좀 못 미치네……."

"뭐, 세이프티 에어리어에 가까운 곳은 그렇게 좋은 물건이 안 나오니까."

내가 그렇게 중얼거리자 랑그레이가 어깨를 으쓱이며 달래는 와중에 마기 씨와 다른 사람들도 생각보다 성과를 내지 못한 것 같았다.

"음~. 성과는 그럭저럭이네. 효율은 별로야."

"오벨리스크에서 멀어지면 채집 효율이 좀 나아질 거야."

"그럼 다음에 그렇게 하자. 오늘 목적은 포탈을 등록하는 거니까!"

마기 씨와 오토나시의 이야기를 듣는 동안, 예전에 건넸던 [사막 낙타의 옹기 피리]를 사용한 건지 캐러멜 카멜을 탄 타쿠 일행이 MOB 사냥을 마치고 합류했다.

"그럼 다른 곳도 돌아보자!"

소재 모으기를 마친 우리는 다음 오벨리스크를 향해 이동했다.

●

호버 크래프트는 동쪽 오벨리스크에서 남쪽 오벨리스크로 나아갔다.

호버 크래프트의 승차감이 껄끄러웠던 마미 씨와 함께 따라나선 케이는 캐러멜 카멜로 갈아탔다. 중간에 MOB 사냥을 하고 싶어 한 타쿠 일행과 함께 호버 크래프트와 나란히 달렸다.

남쪽 오벨리스크 근처에서 파도치는 바닷가와 해수면을 호버 크래프트가 질주했고, 중간에 시치후쿠네 길드인 [OSO 어업조합]의 갤리선을 발견해서 손을 흔들기도 했다.

그 뒤 서쪽 오벨리스크로 향하던 도중에는 오아시스 도시

의 NPC에게 이야기를 들었던 까만 샘의 불타는 물————,
[신비의 흑광유]가 있는 원유 웅덩이를 발견해서 퍼냈다.

그리고 마지막 포탈인 서쪽 오벨리스크의 등록을 마친 우리는 곧바로 오아시스 도시로 돌아가던 도중에 그 녀석과 마주쳤다.

"음? 저건 뭐지……."

멍하니 호버 크래프트 위에서 눈앞을 흘러가는 경치를 바라보고 있던 내가 클로드의 목소리를 듣고 정면을 보았다. 모래 속에서 꾸물꾸물 흔들리는 길고 가는 물체를 발견했기에 급하게 소리쳤다.

"클로드! 샌드 캣피쉬야!"

"음?! 젠장!"

모래에서 머리를 드러낸 거대 메기가 모래 속을 헤엄치며 일직선으로 우리를 향해 다가왔다.

클로드가 급하게 피하려고 방향을 전환하기 위해 핸들을 틀자 타고 있던 우리의 몸에 원심력이 가해졌다.

하지만, 승차감을 우선시하기 위해 조작 감도를 낮추었기에 갑작스럽게 방향 전환을 할 수는 없었다.

천천히, 크게 호를 그리는 듯이 방향을 틀던 호버 크래프트의 측면에 거대 메기가 박치기를 가했다.

""""꺄아아아아아아악————!""""

바람의 힘으로 나아가고 있기에 경량화된 호버 크래프트는 거대 메기의 박치기를 측면에 맞고 멀리 날아갔다.

가볍게 공중에 떴나 싶더니 사막 모래 위에 옆으로 몇 번 굴러가서 거꾸로 뒤집힌 채 멈췄다.

"윤, 다들……, 괜찮아?"

호버 크래프트 대신 캐러멜 카멜을 타고 나란히 달리던 타쿠가 우리에게 말을 걸면서 호버 크래프트 안에 있던 우리를 지키려는 듯이 거대 메기와 맞섰다.

"퉤, 퉤……, 입 안에 모래가 들어갔어."

나는 날아간 충격에 HP가 3할 정도 깎였지만, 곤두박질 친 호버 크래프트 아래에서 겨우 기어 나와서 무기를 겨누었다.

그리고 타쿠 일행과 미카즈치 일행까지 여러 파티가 거대 메기와의 우발적인 전투를 시작했다. 공투 페널티는 발생하지 않은 것 같았다.

"여러 파티로 토벌하는 걸 추천하는 레이드 보스였나."

『──BRAAAAAAAAAAAAAAAAAA!』

두꺼운 아랫입술을 떨며 포효한 거대 메기가 긴 수염을 채찍처럼 휘두르며 공격을 가했다.

눈으로 알아보는 것이 힘들 정도로 빠른 수염의 일격이 모래를 내리쳤고, 모래가 터져 나가는 모습을 본 타쿠와 미카즈치는 정면으로 다가가지 않게끔 측면으로 파고들었다.

"먹어라! 《소닉 엣지》!"

"하아앗! ──《육연선타》!"

두 사람이 측면에서 빠르게 발동되는 아츠를 날렸고, 간츠 일행도 뒤따라서 공격을 가했지만———.

"쳇, 대미지를 거의 안 받네. 몸의 지방으로 막아낸 건가."

예전에 싸웠던 크라켄과 마찬가지로 몸의 부위별로 들어가는 대미지가 다른지, 측면에서 공격을 가하면 두꺼운 지방으로 인해 대미지가 경감되는 모양이었다.

"그렇다면 내가 정면에 서서 끌어들이지! 마법사들은 정면에서 마법으로 원거리 공격을 날려!"

대형 방패를 든 케이가 혼자서 정면으로 거대 메기의 채찍 같은 공격을 막아냈다.

일격마다 HP가 팍팍 깎여나가는 케이. 세이 누나와 미니츠가 둘이서 회복 마법을 걸며 전황을 유지해 나갔다.

"나도 서포트에 참가할게!《인챈트》———, 디펜스, 마인드, 스피드!"

우리를 지켜주고 있는 케이에게 삼중 인챈트를 걸고, 케이가 공격을 끌어들이는 동안에 후위인 마미 씨와 클로드는 마법으로, 나와 마기 씨는 활과 총으로 원거리에서 가세했지만———.

"정면에서도 대미지가 거의 들어가지 않아!"

"역시 입 속이 약점인가……."

사막 횡단 중에 마주쳤을 때는 [붐]과 [익스플로전] 같은 마법을 담은 매직 젬을 입 속에 던져넣어서 폭파했다.

그때 대미지를 얼마나 입혔는지는 모르겠지만, 겁을 먹게 만들 수는 있었다.

"그렇다면, ──《존 익스플로전》!"

[하늘의 눈]을 이용한 공간 계열 스킬과 토마법을 조합한 좌표 폭파가 반쯤 벌어져 있던 거대 메기의 입 안에 작렬했다.

『──BRAAAAAAAAAAAAAAAAA!』

몸을 크게 떨면서 몸부림치던 거대 메기가 몸을 사막의 모래 안에서 회전시키며 하얀 배를 드러냈다.

"됐다! 하아아아아앗──, 《파워 버스터》!"

"이어서 간다! ──《귀신 사냥 차기》!"

타쿠와 간츠 쪽에 드러난 하얀 배에 두 사람이 공격을 가하자 샌드 캣피쉬가 더욱 괴로워하는 듯한 소리를 냈다.

좀 전보다 눈에 띄게 커진 대미지를 보니 배가 약점이라는 건 알겠지만, 그럼에도 전체 HP로 보면 결국 극히 일부에 불과했다. 절망적이다.

"아, 이건 안 되는 거네. 못 이겨."

근본적으로 지금 우리 레벨로 도전할 적 MOB이 아니라는 걸 깨달았다.

"으앗?! 발치가, 그리고 모래 파도가!"

그 직후, 입 안이 폭파된 공포에서 회복된 거대 메기가 모래를 헤집으며 사막 안으로 파고들었고, 그 여파로 인해 모래가 파도처럼 주위로 밀어닥쳐서 우리를 발치까지 잠기게 했다.

"큭, 움직이기가 힘들어. 그리고 샌드 캣피쉬는──,

어디⋯⋯."

파묻힌 발을 모래 안에서 빼내고 모래 안에 숨은 거대 메기가 어디서 나타날지 경계했다.

그리고 [간파] 센스의 반응이 바로 아래쪽에 펼쳐져 있다는 걸 눈치채고 도망치려 했지만━━━.

᠁꺄아아아아아아아아악━━━.᠁

"세이, 아가씨들!"

"윤, 얘들아━━━!"

바로 아래쪽에서 거대 메기가 쳐올리는 공격을 맞고 모래와 함께 공중에 뜬 다음, 부드러운 모래 위로 떨어졌다.

"아야야⋯⋯, 이래선 진형이고 뭐고 엉망진창이잖아⋯⋯."

아무리 준비되지 않은 상태에서 갑작스럽게 벌이게 된 전투라 해도 이렇게까지 당해버릴 줄은 몰랐다.

모래 안을 유유히 헤엄치는 거대 메기는 우리 근처에서 크게 호를 그리는 듯이 헤엄치나 싶더니 이번에는 뒤쪽에서 모습을 드러냈다.

"━━━후퇴! 우리가 시간을 벌 테니까 그동안에 도망쳐!"

타쿠가 후퇴 지시를 내림과 동시에 [사막 낙타의 옹기 피리]를 힘껏 불었다.

᠁부오오오오오오오오오오━━━.᠁

그 피리 소리에 호응하듯 캐러멜 카멜들이 모여들었다.

또 상황을 보고 판단을 내린 건지, 소환석 상태던 뤼이가 멋대로 튀어나와 나를 태우고 오아시스 도시를 향해 뛰어가기 시작했다.

"뤼이?! 타쿠네는 어떻게 할 건데?!"

"됐으니까 가! 금방 따라잡을게!"

마기 씨도 파트너인 리쿠르를 탔고, 클로드와 리리 같은 생산직 멤버들이나 세이 누나, 미니츠, 마미 씨 같은 후위 사람들은 캐러멜 카멜의 등에 타서 후퇴하기로 했다.

남은 건 타쿠, 간츠, 케이, 미카즈치 같은 전위 멤버들이었다.

『───BRAAAAAAAAAAAAAAAAA!』

거대 메기가 포효하는 소리를 들으며 오아시스를 향해 후퇴했다.

"설마 저렇게 강할 줄은 몰랐는데……."

기승 MOB 등의 도주 수단이 있다면 도망치는 게 어렵진 않지만, 우리의 공격이 거의 통하지 않았다.

"지금 우리 힘으로는 절대로 이길 수 없는 상대지……."

지금까지 몇 번 마주치거나 이야기를 들었던 난이도의 벽. 이웃 에어리어인데도 적 MOB이나 보스가 갑자기 강해지는 현상이다.

난이도를 급격하게 올림으로써 플레이어들이 힘으로 밀어붙이는 공략을 막고, 다른 수단이나 방향에 눈을 돌리게 하는 방법이다.

"그건 그렇고, 타쿠네는 괜찮을까?"

뤼이 등에 타고 계속 달려서 오아시스로 돌아오자 거대

메기를 막고 있는 줄 알았던 타쿠 일행이 기다리고 있었다.

"아하하하하……, 패배해서 죽고 돌아와 버렸네."

"타쿠……, 정말, 따라잡겠다고 해놓고 왜 먼저 와 있는데."

애초에 척 보기에도 적정 난이도보다 훨씬 강한 레이드 보스라 이길 거라 생각하지 않았던 모양이었다.

우리가 후퇴한 다음, 새로운 캐러멜 카멜을 불러내서 도망칠 여유도 없었기에 죽어서 돌아온 다음에 오아시스에서 기다리고 있었던 것 같았다.

"그래도 어쩔 수 없잖아? 그 거대 메기에게 대미지를 제대로 입히지도 못하는데 귀중한 [소생약 개량형]을 써서 전투를 질질 끄는 건 손해야."

"그런 합리적인 판단은 역시 대단하네."

샌드 캣피쉬는 강하고, 우리의 공격이 통하지 않는다.

그래서 타쿠 일행은 우리가 도망친 것을 확인하고 빠르게 죽어서 돌아온 것 같았다.

그렇게 하면 무기나 방어구의 내구도 소모나 회복 아이템 소비를 줄일 수 있다.

"우리가 약하다고는 생각 안 하지만, 아직 거대 메기를 쓰러뜨릴 수 없다는 걸 확인한 건 수확이지."

"그렇다면 벽화에 그려져 있던 다른 보스들도 비슷한 수준일 테니 역시 쓰러뜨리진 못하겠어……."

타쿠에게 내가 맞장구를 치자 다른 사람들도 동의하는 듯이 고개를 끄덕였고, 세이 누나는 어쩔 수 없다는 듯 쓴웃음을 지었다.

"그럼 어떻게 할까……, 다음에는 뭘 도전할까……."

벽화에 나온 네 보스를 이길 수는 없겠지만, 사막 에어리어에는 아직 즐길 수 있는 요소가 있을지도 모른다.

"그러고 보니……, 이렇게 인원이 많으니까 그 퀘스트를 받을 수 있을지도 모르겠는데."

"미카즈치, 그 퀘스트라면, 설마 그거?"

조용히 중얼거린 미카즈치에게 세이 누나가 물었다.

둘만 통하는 대화에 우리가 고개를 갸웃거리고 있다는 걸 눈치챈 세이 누나가 다른 사람들도 이해할 수 있게끔 설명해 주었다.

"실은, 예전에 우리가 오아시스 도시를 탐색하다가 받을 수 없었던 퀘스트가 있었거든."

그렇게 말을 꺼낸 세이 누나가 어떤 남자 NPC 이야기를 해주었다.

큰길의 가게 중 한 곳에 있는 NPC인데, 플레이어에게 아이템을 파는 것도 아니고 깊은 한숨만 쉬고 있다고 한다.

어째서 한숨을 쉬는 건지, 곤란한 게 있는지 물어봐도 이유를 전혀 말해주지 않은 모양이었다.

"그런데 한마디———, '인원이 좀 더 많았다면'이라는 말은 했거든. 오아시스 도시에 도착한 당시에는 인원이 적었지만, 지금이라면 이야기를 들어볼 수 있을 것 같아서."

세이 누나에게서 설명을 이어받은 미카즈치가 그렇게 제

안했다.

지금 여기 있는 건 13명이니 두 파티 이상이 조건이라면 일단 퀘스트의 내용은 들을 수 있을 것이다.

반대로 이 정도 인원으로도 이야기를 듣지 못한다면 두 파티로도 부족하다는 뜻이다.

"우리도 오늘은 호버 크래프트의 시운전하고 사막 에어리어의 포탈 등록에 도움을 받았으니까 확인하는 것 정도는 도울게. 다들 괜찮지?"

기브 앤 테이크로 협력 제안을 받아들인 마기 씨가 다른 사람들에게도 물었다.

호버 크래프트를 선보이는 데 신세를 진 마기 씨 일행 말고도, 우리는 모두 세이 누나와 미카즈치 같은 사람들에게 여러모로 도움을 받은 적이 있다.

"나도 퀘스트에 대해 알고 싶으니까 협력할게. 뭐, 받을지 여부는 추후에 의논해야겠지만."

우리의 마음을 타쿠가 대변했다.

그리고 우리는 세이 누나와 미카즈치의 안내에 따라 그 퀘스트 NPC가 있는 곳으로 이동했다.

그곳에는 머리 위에 자그마한 모자를 살짝 걸쳐 썼고, 턱수염이 났고, 통통한 남자 NPC가 한숨을 쉬며 앉아 있었다.

그는 우리가 다가가자 이쪽을 바라보고는 한숨을 멈추고 말을 걸었다.

"당신들은 실력에 자신이 있나요? 부디 부탁드리고 싶은

게 있습니다!"

"좋아, 퀘스트의 조건은 역시 인원수였구나!"

처음으로 그럴싸한 반응을 보인 NPC를 보고 미카즈치가 주먹을 살짝 쥐며 기뻐했고, 세이 누나도 약간이나마 기쁜 듯이 미소를 지었다.

그런 한편, 통통한 남자———, 교역상이라고 자기소개를 한 NPC가 이야기를 이어나갔다.

"저는 오아시스의 여왕에게 고용된 교역상입니다. 평소에는 서른 명 정도가 모여서 사막을 넘어 황야 건너편에 있는 도시로 교역품을 옮기는데, 항상 함께 다니던 호위들이 부상을 입어버려서 대신할 호위를 찾고 있었습니다. 부디 캐러밴의 호위를 맡아주실 순 없을까요?"

"그렇구나. 호위 퀘스트였나……. 그럼 인원이 많이 필요할 만하지."

어째서 저번에 퀘스트를 받지 못한 건지 납득한 미카즈치가 신이 난 듯이 미소를 짓고 있었다.

그가 방금 말한 서른 명 정도라는 게 퀘스트의 최대 참가 인원수일 것이다.

"퀘스트의 조건도 알아냈고, 모처럼 왔으니까 이 멤버로 퀘스트를 받아보지 않을래?"

그리고 우리를 돌아본 미카즈치가 그렇게 제안했기에 나는 옆에 있던 타쿠에게 의견을 물었다.

"어떻게 할 거야? 나는 딱히 상관없긴 한데……."

내 당초의 목적이었던 [선플라워]는 이미 입수했고, 오늘도 사막 에어리어의 여러 포탈을 등록할 수 있었다.

이번에는 타쿠와 세이 누나, 미카즈치 같은 사람들에게 맞춰줘도 괜찮을 것 같았다.

"그래. 다들 어떻게 생각해?"

타쿠는 간츠와 다른 사람들에게도 의견을 물었지만, 그 표정이 신이 나서 웃고 있는 게 보였기에 다들 쓴웃음을 지으며 고개를 끄덕였다.

"괜찮지 않을까? 그리고 오아시스 도시에 도달하는 건 어려운 데다 열두 명 이상의 플레이어를 모으는 것도 힘들겠지."

케이 말대로 이번 기회를 놓치면 다음에 이 퀘스트를 받게 되는 시기가 한참 뒤로 미뤄질지도 모른다.

"우리도 흥미가 있으니까 도전하고 싶은데!"

"우리도 길드 마스터가 원하는 대로 숫자를 맞추기 위해서 참가할게."

생산직인 마기 씨 일행과 길드 [팔백만]의 랑그레이 일행도 참가 의지를 보였다.

하지만———.

"뭐, 퀘스트를 시작할 수 있는 건 우리 데스 페널티가 해제된 뒤겠지만."

아무렇지도 않게 간츠가 그렇게 말하자 주위 사람들이 쓴웃음을 지었다.

우리를 도망치게 해주기 위해 샌드 캣피쉬와 싸우다가 죽어서 돌아온 타쿠, 간츠, 케이, 미카즈치, 이 네 사람에게는 아직 데스 페널티가 걸린 상태다.

"그렇다면 데스 페널티가 해제될 때까지 휴식할까! 일단, 해산!"

지금 당장 퀘스트를 시작할 순 없기에 일단 해산해서 오아시스 도시를 탐색하거나 거점으로 돌아가서 준비를 갖출 시간이 생겼다.

그때 나는 문득 세이 누나와 마기 씨 일행을 불러세웠다.

"세이 누나, 마기 씨……, 잠깐 괜찮을까? 의논하고 싶은 게 있는데……."

"왜 그러니, 윤?"

"누나들에게 뭔가 부탁할 거라도 있어?"

"저기……, 퀘스트 참가 인원수에는 빈자리가 있지?"

내가 부르고 싶은 파티가 있다는 걸 말하자 세이 누나와 마기 씨도 찬성해 주었다.

"괜찮을 것 같네. 그런데 그 애들은 아마 아직 오아시스 도시의 포탈을 동록하지 않았을 텐데……."

"그렇다면 데스 페널티가 해제되기 전까지 우리가 호버 크래프트로 오아시스 도시까지 데리고 올게! 호버 크래프트는 움직일 수 있지? 클로드!"

"그래, 돌격당해서 넘어지긴 했지만, 애초에 가볍고 튼튼하게 만들었으니 문제는 없다."

힘차게 참가를 지원해주는 세이 누나와 마기 씨, 그리고 클로드의 말을 듣고 나는 이 퀘스트에 부르고 싶었던 파티에게 프렌드 통신을 보냈다.

# 6장 캐러밴과 호위 퀘스트

타쿠와 다른 사람들의 데스 페널티가 해제되자 우리는 퀘스트 NPC인 교역상 앞에 다시 집합했다.

"슬슬 시간이 되었는데, 모두 왔어?"

미카즈치의 말에 우리는 서로 마주 보며 인원을 체크했다.

"미카즈치 씨! 마기 씨네가 없는데!"

랑그레이가 그렇게 소리친 대로 약속한 집합 시간이 되었는데도 마기 씨와 클로드, 리리까지 세 명이 아직 돌아오지 않았다.

"아~, 갑자기 바람맞히는 건 아니겠지? 퀘스트 발생에는 열두 명 이상이 필요한데 세 명이나 빠지다니, 어떻게 할까? 이번에는 포기하고 해산할까?"

"세 명 다 곧 도착할 것 같으니까 기다리자."

프렌드 통신으로 연락을 받은 세이 누나가 미카즈치에게 그렇게 말했다. 그러면 기다리자면서 건물 벽에 등을 기대고 세 사람이 도착할 때까지 기다렸다.

아직 안 오나. 나는 거리를 두리번거리다가 멀리서 이쪽으로 다가오는 모습을 발견했다.

"———세이 언니, 윤 언니!"

"다행이네. 시간에 늦지 않게 왔구나……, 으앗?!"

약간 안심한 내게 뮤우가 달려온 기세를 그대로 살려서

끌어안았다.

그리고 그 뒤에서 루카토 일행이 쫓아와 나와 세이 누나에게 고개를 숙였다.

"사막 에어리어의 퀘스트에 초대해 주셔서 감사합니다."

"이봐, 세이. 설마 뮤우네도 퀘스트에 부른 거야?"

미리 이야기를 듣지 못한 미카즈치가 세이 누나에게 묻자 장난기 어린 미소를 지으며 대답했다.

"윤이 뮤우네를 부르면 어떨까 하고 제안하길래 마기네에게 협력을 받아서 호버 크래프트로 데려다 달라고 했지. 놀랐어?"

"……저기, 갑작스럽게 와서 폐가 되었나요?"

퀘스트 수주자인 미카즈치에게 아무런 말도 하지 않고 참가자를 늘렸다는 사실을 눈치챈 토우토비가 조심조심 물었지만, 미카즈치는 슬쩍 웃었다.

"어찌어찌 다 알고 지내는 멤버들이 다 모이긴 했는데, 오히려 대환영이지!"

갑자기 참가한 뮤우 일행을 미카즈치뿐만이 아니라 타쿠 일행도 환영해주었다.

오토나시의 분위기는 변함이 없었지만, 그 옆에 있던 랑그레이는 생산직의 비율이 높았던 퀘스트 멤버에 전투 플레이어가 단숨에 많이 끼자 안심하고 있었다.

그리고 나를 끌어안은 뮤우는———.

"윤 언니, 불러줘서 고마워! 제대로 기억하고 있었구나!"

언젠가 [아트리엘]로 하소연을 하러 왔을 때의 이야기인 것 같았다.

"딱히 기억하고 있었던 건 아니라고……, 아니, 더우니까 떨어져~!"

나는 그 사실을 지적당하자 부끄러워져서 고개를 돌리고 몸을 비틀며 뮤우를 떼어내려 했다.

그런 나와 뮤우의 모습을 모두가 훈훈하게 바라보고 있었다.

"후후후, 좋네요. 멋진 자매애예요."

"리레이, 윤 씨의 배려와 뮤우의 친근한 스킨십을 더러운 눈으로 보믄 안 되제."

황홀한 표정으로 바라보는 리레이와 그녀에게 태클을 거는 코하쿠. 여전하구나 싶어서 쓴웃음이 새어 나왔다.

"미카즈치. 여기로 오면서 그녀들에게 퀘스트의 개요를 가볍게 설명해 두었다."

"그럼 이 멤버로 자세한 역할을 정해볼까!"

클로드와 리리가 말한 대로 교역상 NPC의 교역품을 실은 마차를 지키기 위한 배치나 역할을 생각해야만 한다.

그 결과———.

"윤 언니, 마기 씨, 같이 열심히 해요!"

"뮤우랑 같은 그룹이구나, 열심히 하자!"

세이 누나와 미니츠, 마미 씨, 코하쿠, 리레이, 클로드 같은 마법사는 원거리에서 적 MOB을 요격하는 고정 포대 역할이다.

그리고 전위 쪽 전투 스타일인 리리가 보조 역할로 후위 그룹에 들어왔다.

타쿠나 미카즈치 같은 근접 플레이어가 마차를 둘러싸고 다가오는 적 MOB을 물리친다.

그리고 나와 마기 씨는 사역 MOB인 뤼이와 리쿠르의 뛰어난 기동력을, 뮤우는 수준이 높은 근접, 마법 스킬을 둘 다 살려서 자유로운 전력으로 유격 포지션을 맡게 되었다.

"으윽, 나는 후위 포지션이 더 좋은데……."

"그럼, 퀘스트를 시작하자~!"

어느 정도 정리가 되자 미카즈치가 퀘스트 NPC인 교역 상에게 말을 걸어서 퀘스트를 발생시켰다.

"오오, 캐러밴 호위를 맡아주시는 겁니까! 그러면 지금부터 준비하겠습니다."

교역상 NPC가 가게 뒤쪽에서 말 두 마리가 끄는 짐마차를 타고 돌아왔다.

갈색 털이 잘 손질된 말 두 마리는 불안정한 모래 위를 달리기 때문에 다리의 근육이 발달되어, 날씬한 아름다움이 있는 유니콘 뤼이와는 달리 사막을 주파하는 강한 힘이 느껴졌다.

그 말 두 마리가 끄는 짐마차는 2층 구조.

마차의 1층 부분에는 교역품이 실려 있었고, 2층 부분은 난간이 달리고 천장까지 뚫려 있었다.

"자, 마법이나 활을 쓰시는 분들은 마차의 2층으로 올라가 주시죠. 다른 분들은 마차를 따라와 주시고요."

마차의 2층 부분으로 올라간 세이 누나 일행. 보아하니 마차의 위에서 공격하기 쉬운 구조인 것 같았다.

"그러면 마차를 따라갈 수 있게 캐러멜 카멜을 부른다~!"

그리고 이동하는 마차에 뒤처지지 않게끔 타쿠가 [사막 낙타의 옹기 피리]를 불어서 사막 이동 수단으로 이용할 캐러멜 카멜들을 불러냈다.

"와아아, 낙타다아! 속눈썹 길어~! 윤 언니, 이 애들은 뭘 먹어?"

뚱한 표정을 짓는 캐러멜 카멜이 마음에 든 뮤우는 모여든 낙타 등에 쉽사리 올라탔다.

똑같은 에어리어 한정 기승 MOB인 [공룡 평원]의 벨로랩터로 익숙해져서 그런지 다루는 데는 문제가 없는 것 같았다.

"……귀엽, 네요. 등에 타도, 되나요? 감사합니다."

뚱한 표정을 짓는 캐러멜 카멜에게 정중한 태도로 말하고 등에 탄 토우토비는 감동했는지 살짝 기뻐하고 있었다.

"자, 윤 군. 우리도 준비하자."

"그러게요, 뤼이———, 《소환》!"

"리쿠르———, 《소환》!"

나와 마기 씨도 사역 MOB인 뤼이와 리쿠르를 소환해서 등에 탄 다음, 무기를 꺼내 들었다.

"준비가 되셨다면 출발하겠습니다!"

그리고 말 두 마리가 끄는 마차가 움직이기 시작했고, 그 주위를 기승 MOB을 탄 우리가 지키며 나란히 달렸다.

"그건 그렇고 저 상태로 모래 위에서 마차를 끌 수 있다니, 판타지란 말이지. 애초에 마차 한 대인데 캐러밴이라니……."

짐을 잔뜩 실은 데다 사람들도 타고 있는데도 마차의 바퀴가 사막의 모래에 가라앉지 않고 나아가는 모습이 신기했다.

그러던 와중에 곧바로 마차를 노리는 적 MOB들이 모여들었다.

"저기! 3시하고 9시 방향에서 적 MOB 무리가 다가왔어!"

"자, 곧바로 나설 차례가 왔구나! 적을 재빠르게 해치우자고!"

마차 2층에 타고 있던 리리가 한쪽 눈을 감으며 경계하라고 외쳤고, 세이 누나 일행이 마법 준비를 시작했다.

그리고 모여든 것은 외각이 회색이고 대형견 정도 크기인 개미 형태의 MOB이었다.

날카로운 턱을 여닫으며 위협했지만, 움직임 자체는 그렇게까지 빠르지 않았다.

마차에 접근하는 개미형 MOB이 보이자 미카즈치가 호령했고, 마차 위에서 마법이 날아갔다.

그것을 신호 삼아 타쿠와 미카즈치 같은 사람들이 캐러멜 카멜을 타고 달려가 개미 형태의 MOB들을 베어나갔다.

"다음은 2시하고 7시 방향이야!"

"알겠어———,《마궁기·환영의 화살》!"

"자, 팍팍 가자. ———《솔 레이》!"

"나도 나서야지. 하아아아앗!"

다음 무리의 접근 방향을 들은 우리도 7시 방향에서 다가오던 사막의 개미들에게 공격을 가했다.

나와 뮤우는 기승 MOB을 탄 상태로 원거리 공격을 날렸고, 마기 씨는 달려간 리쿠의 기세가 담긴 전투 도끼를 휘둘러서 다가온 사막의 개미들을 쓰러뜨려 나갔다.

사막의 개미들은 호위 퀘스트용 적 MOB인 모양인지 쓰러뜨려도 드롭 아이템 같은 걸 떨어뜨리지 않았지만, 일격에 쓰러뜨릴 수 있어서 시원한 느낌이었다.

차례차례 솟구치듯이 모래 안에서 나타나는 개미 군단을 알려주는 리리의 목소리를 들으며 그 빠른 발견 속도에 혀를 내둘렀다.

[간파] 센스를 가지고 있는 나나 토우토비보다 발견이 빨랐다.

"리리는 정말 엄청 빠르게 발견하네. 그런데 리리의 센스 구성으로 어떻게 적을 발견한 거지?"

화살을 날려 개미 군단을 물리치며 리리가 미처 놓친 적이 없는지 나도 계속 경계했다. 그때 마기 씨가 리리의 발견 속도의 비밀에 대해 가르쳐 주었다.

"윤 군, 윤 군, 저거야."

마기 씨가 손가락을 하늘로 향하자 하늘 위에서 무언가가 선회하고 있는 게 보였다.

그게 뭔지 잘 살펴보니 아름다운 붉은색 새가 우리 머리 위를 날아다니고 있었다.

"앗, 네시아스?"

"마기 씨. 혹시 리리 군은 《사이트 링크》를 쓰고 있는 건가요?"

"뮤우, 정답이야!"

나보다 먼저 리리의 발견 속도의 비밀을 눈치챈 뮤우가 묻자 마기 씨가 만족스러운 듯한 미소를 지으며 고개를 끄덕였다.

《사이트 링크》란 새 계열 사역 MOB이 습득할 수 있는 시각 공유 스킬인 모양이었다.

불사조인 네시아스가 하늘 위에서 본 경치를 리리도 함께 보면서 주위에 알려주고 있는 것이다.

"호오, 그랬구나."

그래서 전투에는 적극적으로 참가하지 않고 보조 역할을 맡아 후위 그룹에 오게 된 건가.

그리고 대량의 개미 군단을 15분 정도 물리치다 보니 그제야 습격이 멎었다.

"제1웨이브가 끝났으니까 지금 MP를 회복시켜줘!"

타쿠의 지시에 따라 MP 포트를 마시고 회복하며 다음 습격에 대비했다.

첫 번째 습격은 어디까지나 퀘스트의 분위기를 파악하기 위한 튜토리얼 같은 것이고, 지금부터 점점 습격의 기세가 강해질 것이다.

약간 긴장하기 시작한 내게 뮤우가 말을 걸었다.

"그건 그렇고 윤 언니랑 마기 씨는 기승 MOB을 타고 싸우는 솜씨가 대단하네! 멋있었어!"

"그래? 별로 신경 쓰진 않았는데……."

"뮤우, 고마워. 나하고 윤 군은 방해가 가능한 기승 MOB 레이스 같은 것 덕분에 어느 정도 익숙하거든."

부드러운 미소를 지은 마기 씨가 익숙한 이유에 대해 설명했다.

그리고, 10분 정도의 간격을 두고 습격이 다시 시작되었다.

"이번에는 사방에서……, 음……, 새로운 타입의 개미가 나타났어!"

곧바로 하늘 위에서 발견한 것에 대해 가르쳐준 리리.

뒤쪽에서 마차를 향해 다가온 개미 군단은 첫 번째 습격 때 나타났던 녀석들과 똑같았다.

하지만 대각선 앞쪽의 모래 언덕 위에서 기다리고 있는 적 MOB은 지금까지와는 다른 타입이었다.

"원거리형이야! 모두 방어 태세! ──《아이스 월》!"

사막 위에 얼음벽이 생겨났고, 그에 맞춰서 각자가 방어 마법을 전개했다.

그 직후, 모래 언덕 위에서 턱을 여닫고 있던 개미들이 입에서 노란 산을 뿜어냈다.

"산은 피해! 닿으면 대미지를 입는다고!"

"이렇게 뛰어가고 있는 상황에서 동시에 여러 개를 요구하지 말란 말이야!"

산이 마차와 우리를 향해 쏟아져 내렸고, 회피나 방어 마법을 통해 막아냈다.

막힌 산이 사막에 떨어지자 떨어진 곳이 치이이익, 녹아내리며 하얀 연기가 피어올랐다.

"장판이 되었어?! 피하는 것도 골치 아프겠는데……, 으앗?!"

앞쪽은 머리 위나 산이 떨어진 발치를 주의하며 피하고, 뒤쪽은 다가오는 개미 군단을 쓰러뜨려야만 한다.

게다가 산성 지면으로 대미지를 입는 건 플레이어가 아니라 지면을 달려가는 기승 MOB이고, 대미지를 입어서 달려가는 속도가 떨어지면 대처 속도 또한 떨어진다.

동시에 해야 할 일들이 너무 많이 늘어나서 머릿속이 약간 공황 상태에 빠질 것 같았다.

"저기, 우선 뭐부터 해야 하지?! 원거리형을 쓰러뜨릴까?! 아니면 뒤쪽에 있는 개미를 한꺼번에 날려버릴까?!"

"윤 군, 진정해! 우선은 지형 무효부터!"

"아, 그렇지! ──《존 라이트 웨이트》!"

나는 뤼이와 리쿠르, 그리고 뮤우가 타고 있던 캐러멜 카멜에게 경량화 마법을 사용했다.

이걸로 지형 효과를 무효화해 산 때문에 장판으로 바뀐 곳을 무시하고 달려갈 수 있게 되었다.

"다음은 골치 아픈 저쪽이지! ──《마궁기 · 환영의 화살》!"

"나도 간다! ──《선라이트 샤워》!"

나와 뮤우가 모래 언덕 위에서 산을 토해내는 개미를 노렸다.

분열한 마법의 화살이 원거리형 개미들을 꿰뚫어 나갔고, 뮤우가 앞으로 내민 손을 아래쪽으로 휘두르자 언덕 위에 있던 원거리형 개미들이 쏟아져 내리는 강렬한 빛에 불타서 빛의 입자가 되어 사라졌다.

마차의 2층에 탄 세이 누나 일행도 마법으로 반격했고, 원거리 공격을 가하던 개미들이 쓸려나갔다.

"어때, 윤 언니? 예전보다 위력이 강해졌거든!"

뮤우가 으스대는 표정으로 돌아보았지만, 마차가 습격당하는 상황은 아직 제2웨이브에 들어선 직후다.

"다음은──, 비행형이 온다!"

"마법사들은 탄막을 펼쳐서 떨어뜨려! ──《아쿠아 불릿》일제 발사!"

"원거리 다음은 입체적인 접근이구나! 우리는 대처하기 힘드니까 일반적인 개미를 상대할게!"

"잠깐, 타쿠, 애들아?!"

원거리의 산뿐만이 아니라 날개로 날아서 단숨에 마차에

달라붙으려 하는 강습형 개미까지 나타났다.

무기의 간격 탓에 상성이 안 좋은 간츠와 토우토비, 랑그레이는 일반적인 개미 군단을 상대하기 위해 뒤쪽으로 이동했고, 그 대신 원거리 공격 수단을 지닌 우리 유격 그룹이 강습형을 상대하게 되었다.

"그래, 떨어지라고! ——《궁기 · 질풍일진》!"

풍압을 동반한 궁기를 하늘 위로 날려서 밀집해 있던 날개 개미들을 떨어뜨려 나갔다. 마기 씨는 전투 도끼를 원거리 무기인 샷건으로 바꾸고는 한 손으로 산탄을 날려대고 있었다.

"하아아아앗———, 《컨센서스 레이》!"

뮤우는 여러 발의 수렴광선이 한데 모인 극대 광선을 옆으로 휩쓸 듯이 날려서 날아드는 개미들을 일소해 나갔다.

그렇게 개미 군단의 포화공격에 압도당하면서도 겨우 제2웨이브를 버틸 수 있었다.

●

제2웨이브의 개미 군단 습격이 끝나, 겨우 마차를 지킬 수 있었다.

"아~, 즐거웠다! 다음은 어떤 습격 이벤트가 있을까?"

뮤우는 개미 군단을 마법으로 단숨에 쓰러뜨리며 신이 났기에 아직 기운이 넘치는 것 같았다.

"휴우. 겨우 버텼네. 이 정도 습격이라면 퀘스트도 달성할 수 있으려나?"

반대로 나는 차례차례 나타나는 개미 군단을 쓰러뜨리는 시원한 느낌보다는 우선 고비를 하나 넘어섰다는 안도감이 더 강했다.

호위 퀘스트의 적 MOB은 플레이어보다 호위 대상인 마차를 우선적으로 노리고, 공격을 가했을 때 마차의 내구도가 줄어들어서 서서히 부서지게끔 공격력이 낮게 설정되어 있는 모양이었다.

호위 퀘스트의 성격상 플레이어가 입는 대미지가 낮아서 희귀한 [소생약 개량형]을 쓸 기회가 없을 것 같으니 다행이다.

지금까지 습격당하며 지나온 길을 돌아보니 오아시스 도시 쪽에 역피라미드 신기루가 보였다. 사막 에어리어를 꽤 많이 이동했다는 걸 알 수 있었다.

다른 사람들도 다음 습격에 대비해서 강화 환약이나 쿨드링크 같은 것들을 먹으며 강화 효과를 다시 발동시키고 있었다.

그만큼 이번 마차의 호위 퀘스트는 진행 시간이 길다.

"저기! 제3웨이브가 왔어! 아니, 으앗?! 시아찌, 피해!"

그리고 두 번째 휴식이 끝나자마자 리리가 한쪽 눈을 누르고 당황하며 소리쳤다.

하늘 위에서 정찰을 하고 있던 불사조 네시아스를 향해

석탄이 날아들었고, 그것을 피한 것이다.

석탄이 날아온 곳을 바라보니 모래 언덕 너머에서 무언가가 날아오고 있었다.

"다들 미안해! 시아찌가 피하느라 시야가 흔들려서 좀 전처럼 발견하진 못할지도 몰라!"

"다들 들었지! 정찰을 맡고 있는 네시아스를 노리고 있다! 각자 정찰을 게을리하지 마!"

미카즈치가 모두에게 경계하라고 외치자, 모래 언덕 너머에서 말 울음소리와 함성이 울렸다.

┌히이이이이이이이이이이이이———.┘

나타난 것은 말을 탄 도적 NPC였다.

머리에 터번을 두르고, 손에는 시미터 같은 곡검이나 돌멩이를 날리는 투석끈 같은 것을 들고 휘두르며 소리를 지르고 있다. 그들이 단숨에 말을 타고 달려오며 접근했다.

마차의 마부석에서 돌아본 교역상 NPC가 도적 NPC들을 보고는 소리쳤다.

"저건?! 이 근처에서 날뛰고 다니는 도적단입니다! 이대로는 붙잡혀 버릴 테니 일단은 온 힘을 다해 도망치겠습니다! ———이랴!"

┌까아아아아아아악———!┘

NPC가 말에 채찍질을 해서 마차의 속도를 높이자 호위하던 우리가 놀랐고, 마차의 2층에 타고 있던 세이 누나 일행도 갑작스러운 가속에 비명을 질렀다.

"다들 꾸물대지 마! 마차에게 뒤처진다!"

"윽?!《인챈트》―――, 스피드!"

타쿠의 말에 정신이 번쩍 든 나는 급하게 뤼이에게 인챈트를 걸어서 속도를 높이며 쫓아갔다.

"으엇, 위험하잖아! ―――《궁기ㆍ질풍일진》!"

접근해서 나와 나란히 달리던 도적 NPC가 말을 탄 채로 곡검을 휘둘렀기에 상체를 젖혀서 아슬아슬하게 피했다.

반사적으로 지근거리에서 아츠를 날리자 그 충격으로 도적 NPC가 말 위에서 떨어졌다.

"윤 언니, 나이스 반격!"

"기승 MOB 레이스의 경험을 살릴 수 있어서 다행이네!"

내가 활을 겨누고 도적 NPC들을 꿰뚫다 보니 추적 속도가 느려졌고, 일정 이상의 대미지를 입히자 말에서 떨어져서 뒤처지게 되었다.

"하아아앗! 걸리적거려! ―――《뇌염폭타》!"

"먹어라아아앗! ―――《소닉 엣지》!"

기승 MOB을 탄 타쿠 일행은 나란히 달리는 도적 NPC와 무기를 맞부딪히며 아츠를 날리고 있었다.

하지만 불안정한 기승 MOB을 타고 있는 상태이기에 공격을 흘리기 쉬운 곡검을 든 도적 NPC 상대로 고전 중이었다.

"하아아앗! ―――《호랑포》! 윽?! 아야아아아아앗! 머리가 깨진다?!"

"―――《넥 헌……, 꺄아아악?!"

특히 리치가 짧은 간츠와 토우토비는 그 리치 차이를 메꾸기 위해 주로 아츠를 쓰며 공격하고 있었는데, 그게 문제였다.

아츠를 사용한 뒤의 경직 시간 때 불안정한 자세를 취하고 있다가 곡검에 공격당하고, 투석끈으로 날린 돌멩이에 맞아 캐러멜 카멜 위에서 떨어져 버린 것이다.

"잠깐, 나까지?!"

그리고 사막에 떨어진 간츠와 토우토비 뒤쪽에서 달려오던 랑그레이가 두 사람을 피하기 위해 캐러멜 카멜을 억지로 조종하려다가 떨어져 버렸다.

"간츠, 랑그레이!"

"토비!"

"꼴사납잖아아아아! 반드시 따라잡을 테니까 우리는 신경 쓰지 마!"

투석끈으로 날린 돌멩이를 머리 옆쪽에 맞아서 사막의 모래 위로 굴러떨어진 간츠가 낙법을 하며 곧바로 일어섰다.

타고 있던 캐러멜 카멜들은 도망친 상황.

우리도 달리는 호위 대상인 마차를 계속 지키기 위해선 멈출 수 없었다. 이게 시시각각 상황이 진행되는 호위 퀘스트의 어려움이구나.

"하아아아앗! 응, 이런 경우에는 전투 도끼가 더 낫구나!"

"사정거리가 길면 무너뜨리기 쉬운 것 같아!"

"이번 습격은 나하고 상성이 좋을지도 모르겠어! 토비 몫까지 열심히 해야지!"

마기 씨와 미카즈치, 히노는 각자 무게가 있거나 리치가 긴 무기를 쓰고 있기에 접근하는 도적 NPC의 방어를 무너뜨리거나 유리한 거리에서 찔러서 떨어뜨렸다.

적을 마구 해치우면서 기분이 좋아진 건지, 세 사람은 신이 나 있었다.

"세이 누나! 왼쪽에서 공격이 와! 방어 태세!"

네시아스를 통한 정찰에 의존할 수가 없게 되었기에 내 [간파] 센스의 반응에 따라 주의를 촉구했다.

폭주하는 마차의 2층에 있던 세이 누나 등은 처음에는 거센 진동 때문에 비명을 지르며 버티고 있었지만, 서서히 적응되어 난간을 잡고 자세를 바로잡았다.

"그, 그래! ──《워터 라운드》!"

세이 누나가 수속성 방어 마법을 겨우 발동했다.

하지만 마차의 속도가 너무 빠른 게 문제였다. 방어 마법을 전개해도 도적들이 던진 돌멩이를 정확하게 막아낼 수가 없어서, 미처 막지 못한 돌멩이가 마차의 짐칸에 따악, 부딪혀 흠집을 냈다.

게다가 반격하기 위해 미니츠 같은 사람들이 마법을 발동했지만 조준이 빗나가 사막의 모래만 터졌다.

"으윽, 너무 거칠게 흔들려서 왠지 속이 안 좋아졌어요."

"마미! 아직 참아야 해! 지금은 여자애로서의 존엄성을 지켜야지!"

거세게 흔들려서 속이 안 좋아진 건지 마미 씨의 안색이 나빴다. 미니츠는 그녀의 등을 쓰다듬으면서도 방어 마법만은 유지했다.

예상치 못하게 마미 씨가 사실상 이탈하게 되어버렸다.

그런 와중에 손재주인 DEX가 높은 생산직 클로드가 거세게 흔들리는 마차 위에서도 마법을 차례차례 명중시켜 나갔다.

"푸하하하하하핫! 지금이 바로 내 독무대다! 자, 얼른 포기하거라!"

"맞지 않는다면……, 탄막으로 제압하면 되는 거지. ───《아쿠아 불릿》 일제 발사!"

클로드의 정확한 마법 사격에 오른쪽 측면의 원거리 도적들이 쓰러졌고, 왼쪽 측면에 있던 세이 누나가 명중률이 떨어지는 와중에도 대량의 탄막을 펼쳤다.

"아, 정말, 앞으로 몇 명이나 더 쓰러뜨려야 끝나는 거야, 이번 습격은?!"

처음에는 온 힘을 다해 마차를 쫓아오는 도적 NPC를 쓰러뜨리는 시원한 느낌이 즐거웠지만, 숫자가 전혀 줄어들 기미를 보이지 않는 상황. 뮤우를 비롯해서 다들 점점 질색하기 시작했다.

"하나~, 둘~, 셋~……, 으으, 시야가 흔들려서 속이 안 좋아……, 그래도 전부 합쳐서 도적 30명이 쫓아오고 있어!"

회피에 집중하는 네시아스의 시야를 통해 탐색하던 리리

가 정보를 가르쳐 주었다.

"리리! 도적 30명이 쫓아온다니, 남은 적이 30명이라는 뜻이야?!"

"아니야! 윤찌! 한 명이 줄어들면 잠시 후에 새로운 도적이 와! 그래서 계속 30명이 쫓아오고 있다고!"

타쿠가 그런 거냐며 중얼거리고는 이번 습격 웨이브에 대해 이해했는지 소리쳤다.

"다들 들어. 이건 일정 시간 동안 버티는 타입이야! 마차가 도망칠 때까지 견뎌야 해!"

개미 군단의 습격 웨이브도 일정 시간 동안 버티는 건 마찬가지지만, MOB의 출현 패턴이나 숫자 같은 게 정해져 있기에 극단적으로 따지면 전멸시킬 수도 있다.

하지만 도적 NPC 같은 경우에는 이 습격 웨이브가 끝날 때까지 일정한 숫자를 유지하기 위해 끝없이 솟아나는 것이다.

"젠장, 그럼 인내심 대결이라는 거잖아! ──《궁기 · 질풍일진》!"

나는 [마비]나 [수면] 상태이상을 합성한 화살을 날리고, 매직 젬을 뿌려서 뒤쪽에서 쫓아오는 도적들을 폭파나 토벽으로 방해했다.

하지만 도적 NPC의 스테이터스나 반응 수준이 높게 설정되어 있는지 우리의 공격을 피하곤 했기에 쓰러뜨리는 데 수고가 들었다.

좀처럼 쓰러뜨리기 힘든 도적 NPC들이 점점 마차의 포위망을 좁히기 시작했다.

거리가 좁아진다는 것은 곧 투석끈으로 날리는 투척물이 명중할 때까지의 시간이 짧아진다는 뜻이었고———.

"방어가 늦———, ㎜꺄악?!㎜"

마차를 끄는 말이 돌멩이를 맞자 울음소리를 내며 날뛰기 시작했다.

마부석에 탄 교역상 NPC가 말을 달랬지만, 비틀거리는 말 때문에 마차도 지그재그로 나아가며 옆으로 흔들렸다.

"푸하하하하하하……핫? 어?!"

마차 2층에 타고 있던 세이 누나 일행이 난간을 잡고 진동을 견뎌내는 동안, 도적 NPC에게 마법을 명중시키면서 신이 나 있던 클로드가 난간을 놓고 있다가 마차에서 떨어져 버렸다.

"아앗, 클로찌?!"

리리가 구해주려고 손을 뻗었지만 닿지 않았고, 사막에 떨어진 클로드가 뒤쪽으로 멀어졌다.

"난간이 있으니까 낙하를 방지하기 위해서 카라비너 같은 걸 마련해 두면 좋겠네."

"마기 씨! 그건 다음 기회가 있을 때 이야기죠!"

나는 냉정하게 낙하 대책에 대해 말하는 마기 씨에게 태클을 걸며 접근하는 도적 NPC들을 물리치기 위해 화살을 계속 날렸다.

조금 지나서야 겨우 차분해진 말들이 다시 안정적으로 달리기 시작했고, 거리를 좁혔던 도적 NPC들이 공격을 멈추고는 서서히 멀어져갔다.

"도적들의 움직임이 바뀌었나? 설마……, 다들, 제4웨이브가 시작된다!"

미카즈치가 큰 소리로 말한 대로, 지금까지와는 달리 간격도 없이 제4웨이브로 넘어갔다.

도적 NPC를 떨어뜨리기 위해 화살과 아츠를 꽤 많이 썼기에 남은 MP가 약간 불안했다.

거리를 벌린 도적 NPC들이 이번에는 다 같이 투척 무기를 꺼내 겨누었다.

"이번에는 원거리 공격인가! 역시 패턴이 바뀌었군!"

투석끈을 돌리고 활을 겨눈 도적 NPC가 포위망을 좁히는 게 아니라 일정한 거리를 유지하며 공격한 것이다.

그것도 표적은 마차가 아니라———.

『브ㅇㅇㅇㅇㅇㅇㅇㅇ———.』

"어? 앗……."

갑자기 오토나시가 타고 있던 캐러멜 카멜이 넘어졌고, 오토나시가 사막에 떨어졌다.

"젠장, 이번에는 오토나시가 당했나!"

『길드 마스터, 신경 쓰지 마. 나도 랑그레이하고 합류해서 따라잡을 테니까. 그리고 전하고 싶은 정보가 있어.』

금방 멀어져 버린 오토나시가 프렌드 통신으로 말했다.

『캐러멜 카멜의 다리에 투척물이 얽혀서 넘어졌어. 그러니까 투척물을 조심해.』

오토나시가 보낸 메시지는 곧바로 모두에게 공유되었다.

그리고 다시 날아든 투척물을 타쿠가 검으로 얽어매듯이 막아내고는 정체를 확인했다.

"이건 볼라(bola)인가! 제4웨이브는 마차가 아니라 플레이어를 노리는 거냐, 고!"

투석끈으로 날린 것은 여러 가닥의 밧줄 끄트머리에 동그란 돌을 매단 투척물이었다.

볼라라고 불리는 그 투척물의 특징은 밧줄에 매달린 동그란 돌이 원심력으로 회전하며 날아와 대상을 묶는다는 것.

오토나시가 타고 있던 캐러멜 카멜은 볼라로 인해 다리가 묶여서 쓰러진 모양이었다.

기승 MOB인 캐러멜 카멜을 지키기 위해선 날아오는 투척물과 화살을 무기로 쳐낼 필요가 있기에 근접 플레이어인 타쿠 같은 사람들은 도적 NPC를 공격할 수가 없다.

그럼에도 불구하고 처음 본 수단에 뒤처진 오토나시 말고는 다들 공격을 전부 막아내고 있으니, 역시 톱 플레이어들이다.

그러나 원거리에서 날아든 것은 볼라뿐만이 아니었다.

"젠장! 이번에는 화염병 같은 것도 던지기 시작하는데! 함부로 쳐내면 불꽃이 퍼질 거야!"

"병 안에 든 건 [신비의 흑광유]인가……, 사막 에어리어다운 아이템이네!"

반사적으로 원거리에서 날아든 공격을 쳐내야 할 뿐만 아니라 무엇이 날아오는지 순식간에 판단해서 대처해야만 한다.

화살과 돌멩이, 볼라 같은 거라면 쳐내고, 화염병처럼 타오를 우려가 있는 물체는 나나 세이 누나처럼 원거리 공격수가 공중에서 떨어뜨렸다.

"반사신경이랑 속도로만 요격하니까 힘드네! 이제 그만하고 싶어! 얼른 좀 끝나라!"

점점 조여드는 듯이 올라가는 난도와 바쁜 상황 때문에 약한 소리가 입 밖으로 나와버렸다.

"윤 군, 힘내자! 이제 곧 사막을 빠져나갈 수 있을 테니까!"

그리고 정신을 차리고 보니 마차가 사막 북쪽의 오벨리스크 근처까지 와 있었다.

이제 조금만 더 가면 사막 에어리어를 넘어서 황야 에어리어로 들어갈 수 있다.

거기까지만 가면 아마 도적 NPC들도 쫓아오지는 못하겠지.

"윤 언니, 마기 씨, 위험해!"

하소연하는 나와 그런 나를 달래주던 마기 씨에게 볼라가 날아왔다.

"윽?! 뤼이———, 《투명화》!"

"리쿠르, 그대로 있는 힘껏 뜯어버리렴!"

나는 뤼이가 지닌 [환술] 스킬로 다룰 수 있는 《투명화》
를 통해 투척물을 통과해서 회피했고, 마기 씨는 리쿠르의
다리에 얽힌 볼라를 힘으로 뜯어버리며 계속 달렸다.

　"여러분, 이대로 도적들을 뿌리치겠습니다!"

　마차 마부석에 타고 있던 교역상 NPC가 고개를 돌려 우
리에게 말했다.

　"다들, 인챈트를 건다! 《존 인챈트》———, 스피드!"

　나는 나머지 멤버들과 마차에 속도 인챈트를 걸었다.

　마차는 최후의 가속과 인챈트의 속도 상승을 통해 단숨에
사막 북쪽의 오벨리스크 옆을 통과해서 황야 에어리어에 돌
입했다.

　그리고 쫓아오던 도적 NPC들은 황야 에어리어 앞에서 타
고 있던 말을 멈춰 세웠고, 그 말들이 분하다는 듯 울음소
리를 냈다.

●

　황야 에어리어로 들어서 도적 NPC의 습격을 뿌리쳤기에
마차가 속도를 늦췄다.

　그리고 황야 에어리어를 천천히 나아가며 나는 불평하고
있었다.

　"이렇게 정신없는 퀘스트일 줄은 몰랐어. [아트리엘]에
틀어박히고 싶네."

중간부터 덤벼드는 적 MOB을 쓰러뜨리는 쾌감보다 정신 없고 짜증 나는 상황에 불만이 쌓였던 것이다.

다행히 사막 에어리어에서 손에 넣은 백금이나 [신비의 흑광유], 데저트 글래스 덩어리, 각종 보석의 원석, 시치후 쿠에게 받은 선플라워 같은 게 있다.

질릴 때까지 [아트리엘]에 틀어박혀서 생산 활동을 하고 싶다.

"윤 언니, 이제 곧 미궁 거리야! 그때까지 힘내자."

"좀 더 긍정적인 생각을 하자. 그 왜, 이번 호위 퀘스트의 보수라든지……."

투덜대는 내게 뮤우와 마기 씨가 쓴웃음을 지으며 격려해 주는 사이, 주위에서 차례차례 이변이 일어났다.

┌┬┬ㅂㅇㅇㅇㅇㅇㅇㅇㅇ———.┴┴┘

갑자기 타쿠네가 타고 있던 캐러멜 카멜들이 멈춰 서서는 일제히 울음소리를 내기 시작한 것이다.

"시, 시끄러워……, 대체 뭐야!"

"이, 이게, 뭐지……."

시끄러워서 귀를 막고 있자니 타쿠 일행이 캐러멜 카멜의 등에서 내렸고, 자유로워진 캐러멜 카멜들이 우리가 왔던 사막 에어리어로 돌아갔다.

뒤돌아보지도 않고 달려가는 캐러멜 카멜들을 다 함께 멍 하니 바라보고 있다가 타쿠가 혼자 이유를 눈치챘다.

"아, 그렇지. [사막 낙타의 옹기 피리]의 설명 문구."

"타쿠, 그게 무슨 소리야?"

"아이템의 설명 문구에 써 있었잖아? [사막 에어리어] 한 정으로 협력을 받을 수 있다고. 반대로 말하자면, 사막 에 어리어 말고 다른 곳에서는 협력해주지 않는 거야."

"아, 그렇구나……, 이미 황야 에어리어니까."

캐러멜 카멜들이 플레이어에게 협력해주는 건 사막 에어 리어 한정이다.

그 때문에 황야 에어리어로 들어오자 원래 있어야 할 곳 으로 돌아간 모양이다.

"그럼, 지금부터는……."

"우리는 걸어가야겠지."

기승 MOB을 지닌 사람은 나와 마기 씨뿐이었고, 다른 사 람들은 모두 걸어서 마차를 따라와야만 한다.

"나하고 마기 씨는 어떻게 하지? 마차가 속도를 더 낸다 면 뤼이하고 리쿠르를 타고 가는 게 나을 테고, 속도를 맞 춰서 간다면 내리는 게 나을 텐데……."

내가 조용히 중얼거리자 마치 타이밍을 노리고 있었던 것 처럼 콰직, 살벌한 소리가 주위에 울리고 마차가 덜컹거리 며 멈췄다.

"꺄악?! 이, 이번에는 뭐야?!"

"여러분, 일단 마차에서 내려 주십시오!"

마차가 기울자 2층에 타고 있던 세이 누나 일행이 마차의 난간 너머로 아래쪽을 내려다보며 원인을 확인했다. 마부석에 타고 있던 교역상 NPC가 내려오라고 재촉했다.

"으음, 이건……, 바퀴가 깨졌군요. 교환하지 않으면 달릴 수가 없습니다!"

"어째서 모래 위를 달렸을 때도 문제가 없었던 마차가 갑자기 망가지는 건데에에에에!"

모래에 가라앉지도 않고 사막을 질주할 수 있었던 판타지 마차인데, 어째서 황야 에어리어의 아무것도 없는 곳에서 갑자기 망가진 거지?

그렇게 부조리한 방향으로 판타지를 발동시킬 필요는 없다고! 마음속으로 그렇게 따져버렸다.

"자, 자, 윤 언니, 진정해. 이건 이벤트니까."

"피할 수 없는 마차의 고장 이벤트구나. 그렇다면———."

게임 외적인 말을 하면서 나를 달래주는 뮤우. 마기 씨가 주위를 둘러보았다.

이미 타쿠와 미카즈치 같은 사람들도 마차를 둘러싸듯이 진형을 갖추었고, 하늘 위에서 선회하던 불사조 네시아스가 주위를 탐색하고 있었다.

그리고 모두가 예상한 대로———.

"여러분! 저는 마차를 수리하겠습니다! 그동안 마차를 지켜주세요!"

"역시 그런 상황이구나!"

나도 뤼이 등에서 내린 다음, 황야에서 달려오는 적 MOB을 바라보았다.

지상에는 무리 지어서 집단으로 플레이어를 습격하는 스캐빈저 하이에나 집단이 세차게 달려오고 있었다.

하늘에서는 소닉 콘돌이 위쪽에서 날아다니던 불사조 네시아스를 쫓아다녔다.

"저렇게 많으면 시아찌만으로는 힘들어! ———《송환》!"

리리가 불사조 네시아스를 소환석으로 되돌리자 표적을 놓친 소닉 콘돌들이 다음 표적을 마차로 삼았다.

"내버려 둘 순 없지. 《엘리먼트 인챈트》———, 웨폰! ———《궁기 · 단발 꿰기》!"

급강하하는 소닉 콘돌의 움직임에 맞춰서 강렬한 아츠를 카운터로 날렸다.

강렬한 화살의 일격을 맞고 공중에서 자세가 무너진 소닉 콘돌은 곤두박질치며 땅바닥에 떨어졌다.

"왠지 좀 정겹네! 윤 군네랑 같이 황야 에어리어에 왔을 때와 똑같아!"

리쿠르 위에서 내린 마기 씨가 다가온 스캐빈저 하이에나를 전투 도끼로 베어나갔다.

예전에는 최대한 적 MOB을 피하며 황야 에어리어에서 [기계장치 마도인형]의 파츠를 찾고 퀘스트를 진행했지만, 그때보다 레벨도 오르고 장비도 강해졌다.

지금은 비교적 쓰러뜨리기 쉬운 적 MOB이 되었다는 거다.

"이번에는 마차를 지키면서 시간을 버는 거구나! 호위 퀘스트 하나에 대체 얼마나 많은 요소를 집어넣은 거야!"

"뭐, 실제로는 다른 호위 계열 퀘스트의 요소를 조합한 것 뿐이지만 말이지!"

"다음에는 어떤 상황에서 적이 오는 걸까!"

타쿠와 미카즈치는 그렇게 이야기를 나누면서도 스캐빈저 하이에나들을 장검 두 자루로 베고 육각곤으로 후려쳤다.

아직 더 남은 걸까. 나 역시 약간 질색하면서도 기계적으로 적 MOB을 쓰러뜨려 나갔다.

모두가 맞서는 사이, 서포트 담당인 리리도 움직였다.

"저기, 나는 [목공] 센스를 가지고 있는데, 마차의 수리를 도울 수 있을까?"

적극적으로 전투에 참가할 여지가 없었던 리리는 망가진 바퀴를 고치려 하던 교역상 NPC에게 말을 걸었다.

교역상 NPC가 손을 계속 움직이며 대답해주었다.

"고마워. 기술이 없더라도 마차를 들어 올려 줄 사람이 있으면 바퀴를 더 빠르게 교환할 수 있지!"

그 말을 근처에서 듣고 있던 루카토 일행은 제5웨이브의 주제를 대충 이해한 모양이었다.

"마차를 지키는 쪽과 수리하는 쪽, 양쪽 모두 할 일이 있는 거군요!"

"지금은 적 MOB을 쓰러뜨리는 것만으로도 벅차지만 말이야!"

"이럴 때일수록 일손이 필요한데! 다들 빨리 따라잡아서 수리를 도와줬으면 한다고! 아니, 으앗?!"

루카토, 케이, 히노가 덤벼들던 스캐빈저 하이에나를 상대로 싸우던 와중에 갑자기 지면이 터져나가며 가시가 잔뜩 튀어나왔다.

　재빨리 뛰어서 물러난 세 사람이 가시를 피한 다음에 반격하며 땅바닥에 검을 꽂아 넣자 뀨우우~, 하는 울음소리가 들리며 빛의 입자가 새어 나왔다.

　"깜빡 잊고 있었네! 바늘함정 두더지가 숨어 있었나! 아가씨!"

　"[간파] 센스를 가지고 있는 건 나뿐이니까! 그래도 모든 방향을 커버할 수 있는 건 아니라고!"

　미카즈치 덕에 나도 눈치챘지만, 바늘함정 두더지는 땅속을 이동하기 때문에 발견이 늦어서 기습당하는 경우가 많다.

　[발견] 계열 센스를 지닌 사람이 여러 명 있다면 모든 방향을 커버할 수 있었을 텐데.

　하지만 공교롭게도 그런 센스를 지닌 간츠와 토우토비, 그리고 채굴 포인트 같은 걸 발견할 때 그런 센스를 쓸 것 같은 랑그레이와 오토나시도 뒤처진 상태다.

　"제가 바늘함정 두더지를 맡을게요! 그러니 여러분은《라이트 웨이트》를 부탁드려요!"

　"윽?! 알겠어. ──[라이트 웨이트]!"

　마미 씨의 의도를 눈치챈 타쿠가 인벤토리에서 [아트리엘]에서 산《라이트 웨이트》마법이 담긴 인챈트 스톤을 썼고, 그걸 본 미카즈치 일행도 마찬가지로 인챈트 스톤을 사용했다.

"윤 씨, 나는 인챈트 스톤이 없는디, 걸어주믄 안 된당가?"

"후후훗, 저도 부탁드려요."

"알겠어. ───《존 라이트 웨이트》!"

인챈트 스톤을 가지고 있지 않았던 코하쿠와 리레이 같은 사람들에게는 내가 마법을 사용해서 모두가 《라이트 웨이트》 효과를 받았다.

곧바로 지팡이를 땅바닥에 꽂은 마미 씨가 범위 마법을 발동했다.

"갑니다! ───《어스퀘이크》!"

마미 씨를 중심으로 지진이 일어났고, 황야를 달려오던 스캐빈저 하이에나가 그 지진에 의해 대미지를 입고 스턴 효과에 걸려서 멈춰 섰다.

하지만, 《어스퀘이크》는 스턴 효과 말고도 땅에 특효 성능을 지닌 범위 마법이기도 하다.

그로 인해 땅속에 숨어 있던 바늘함정 두더지들을 모두 해치울 수 있었다.

"바늘함정 두더지는 이동 속도가 느리니까 한동안은 안전하겠지!"

"이제 하늘 위에 있는 소닉 콘돌하고 스캐빈저 하이에나에게 집중할 수 있겠어!"

타쿠와 미카즈치가 주위를 둘러보며 스캐빈저 하이에나를 우선적으로 정확하게 쓰러뜨려 나갔다.

"정말 잘 쓰러뜨리네……."

나도 질 수 없다고 생각하며 소닉 콘돌을 떨어뜨리고, 마기 씨도 이번에는 샷건에서 라이플로 바꾸고 저격을 해 나갔다.

문득, 마차가 어떻게 되었는지 곁눈질로 확인해보니 리리가 교역상 NPC와 협력해서 수리를 진행하고 있었다.

교역상 NPC가 꺼낸 잭을 설치하고, 리리가 온 힘을 다해 핸들을 돌려서 마차를 들어 올렸다.

그리고 교역상 NPC의 지시에 따라 수리 도구를 고르고, 망가진 바퀴의 고정 고리를 차례대로 풀고, 마차에 싣고 있던 예비 바퀴를 끼워 넣어서 고쳐나갔다.

적 MOB에게 습격당하는 긴장감 속에서 교역상 NPC의 보조를 받으며 미니 게임 같은 수리 작업을 할 필요가 있고, 그 결과에 따라 아군의 부담도 변동된다.

퀘스트를 구성하는 요소 하나하나가 꼼꼼하게 만들어져 있어서 지금까지 느끼던 퀘스트의 정신없는 느낌이나 짜증나는 느낌도 다 의미가 있었던 게 아닐까, 하는 생각이 들었다.

그리고———.

"좋아, 마차가 고쳐졌어!"

"고쳤다고는 해도 어디까지나 응급조치입니다! 좀 전처럼 전속력을 낼 순 없고, 움직일 순 있는 정도입니다!"

리리와 교역상 NPC의 목소리를 듣고 세이 누나 일행이 마법으로 탄막을 펼치며 마차의 2층에 탔다.

"뤼이! 이쪽이야!"

"리쿠르도 돌아오렴!"

우리가 내린 뒤, 부담을 덜어주기 위해 스캐빈저 하이에나를 상대로 싸우고 있던 뤼이와 리쿠르는 귀를 쫑긋 세우고는 이쪽을 돌아보았다.

빈틈을 노리려는 듯이 덤벼든 스캐빈저 하이에나를 뤼이가 뒷다리로 걷어차서 날렸고, 리쿠르는 두꺼운 앞다리로 내려쳐 발톱으로 찢어발기고는 돌아왔다.

"뤼이, 고마워. 스캐빈저 하이에나를 상대해줘서!"

"리쿠르도 고생했어. 그래도 마지막까지 방심하지 말고 가자!"

"윤 언니, 마기 씨, 벌써 마차가 출발했어!"

각각 파트너의 목덜미를 쓰다듬어주며 노고를 치하하던 동안에 마법사들이 탄 마차가 달리기 시작했고, 나와 마기 씨가 급하게 뤼이와 리쿠르 등에 올라탔다.

달리기 시작한 마차의 속도는 응급 조치 상태이기에, 플레이어가 걸어가는 속도와 거의 차이가 없어서 금방 따라잡았다.

이래선 금방 적 MOB들이 따라잡지 않을까. 하지만, 갑자기 털을 곤두세운 적 MOB들이 저마다 다른 방향으로 도망치듯이 흩어졌다.

그리고 시작된 것은 호위 퀘스트의 최종 웨이브였다.

『────구오오오오오오오오오오오오오오!』

"윽?! 뭐야, 무슨 소리야?!"

습격해 오던 적 MOB이 일제히 물러나더니 그 직후에 울린 굵은 포효를 듣고는 돌아보았다.

그곳에는 느릿느릿하고 거대한 인간형의 무언가가 서 있었다.

녹색 피부에 커다란 외눈, 특이하게도 아래턱에서 위쪽으로 솟구친 두 송곳니, 머리에는 뿔 하나가 돋아나 있고, 돌을 깎아서 만든 듯한 곤봉을 든 외눈박이 거인────, 사이클롭스였다.

"잠깐만, 잠깐만! 이런 MOB 황야 에어리어엔 없었잖아!"

올려다봐야 할 정도로 커다란 외눈박이 거인을 보고 나는 자포자기하는 심정으로 소리쳤다.

"처음 덤벼들었던 개미처럼 퀘스트용 MOB이겠지! 이대로는 따라잡히겠어! 아무튼 맞서 싸우면서 공략법을 찾아보자!"

타쿠와 미카즈치를 선두로 차례차례 사이클롭스를 향해 뛰어가며 공격을 가했다.

"────《뇌염폭타》!"

"────《파워 버스터》!"

미카즈치가 사이클롭스의 오른쪽 다리의 오금에 폭발을 동반한 타격을 날렸고, 타쿠는 왼쪽 다리의 아킬레스건에 강렬한 일격을 퍼부었다.

그런 다음에 뮤우, 마기 씨, 케이, 루카토, 히노도 뛰어가서 일격을 가하고 뒤로 빠지는 히트 & 어웨이를 반복했다.

『――――구오오오오오오오오오오오오오!』

"재주 좋게 피하고 있네. 이건 안 되겠어. 무서워서 못 한다고……."

사이클롭스는 한 발짝 내디딤과 동시에 발치를 공격하던 타쿠 일행을 붙잡기 위해 무기를 들지 않은 손을 뻗고, 돌 곤봉을 휘두르며 휩쓸려 했다.

그 예비 동작을 재빠르게 알아챈 타쿠 등의 전위는 거리를 벌리거나 사이클롭스의 가랑이 아래로 빠져나가 피했다.

등장했을 때 내지른 것과는 다르게 짜증 섞인 포효를 한 사이클롭스는 머리 위에 뜬 HP 게이지가 조금씩 줄어드는 와중에도 걸음걸이를 멈추지 않고 서서히 마차와 거리를 좁혀갔다.

"자, 윤 언니도 얼른 방해하지 않으면 마차가 따라잡혀 버릴 거야!"

뮤우의 재촉에 정신을 차렸다.

사이클롭스의 크기 때문에 압도당한 상태였지만, 타쿠 일행에게 공격당해서 은근히 아파하는 모습에 약간 동정하는 마음과 함께 왠지 싸울 수 있을 것 같다는 생각이 들었다.

"――――《머드 풀》!"

사이클롭스가 한 발짝 내디디기 위해 한쪽 다리를 들어 올린 순간, 나는 그 발치를 진흙탕으로 바꾸었다.

"윤에게 맞춰줄게. ──《아이시클 록》!"

"저도 갑니다! ──《머드 풀》!"

균형을 잡으려고 내디딘 곳에도 마미 씨의 진흙탕이 생겨나 발이 빠졌고, 진흙탕에 빠진 양쪽 발목이 얼음으로 뒤덮이기 시작했다.

세이 누나와 마미 씨가 잘 맞춰준 모양이었다.

그리고 기다리고 있었던 세 사람이 움직임을 멈춘 사이클롭스에게 강한 기술을 날렸다.

"가자고, 리레이! ──《선더 스톰》!"

"후후훗, 우리의 합체기로군요. ──《플레임 서클》!"

부채를 휘두른 코하쿠의 번개를 띤 회오리와 지팡이를 들어 올린 리레이의 불꽃 고리가 뒤엉켜서 서로 위력을 끌어올려 주며 사이클롭스에게 날아들었다.

사이클롭스는 천천히 들어올린 돌 곤봉을 세차게 내리쳐서 날아든 마법을 없애버렸다.

그 여파로 인한 풍압이 우리가 있는 곳까지 닿았지만, 뮤우와 마차 위에 있던 미니츠가 사이클롭스의 눈에 띄는 약점을 노렸다.

『──《솔 레이》!』

각각 다른 위치에서 동시에 날아간 빠른 수렴광선. 사이클롭스도 겉에 드러난 약점인 외눈을 지키기 위해 손바닥을 들어 막아냈다.

나는 그 빈틈을 놓치지 않고 조용히 화살을 날렸다.

"———《궁기・단발 꿰기》."

살짝 숨을 내쉬고 날린———, [인식 저해] 효과를 부여해 주는 [셰이드 진한 녹색 염료]를 칠한 검은 화살은 사이클롭스의 손가락 사이를 빠져나가 조용히 눈에 박혔다.

『———구, 구오오오오오오오오오오오오오오!』

약점인 외눈을 갑작스럽게 공격당하자 사이클롭스는 한 손으로 눈을 누르며 황야에 무릎을 꿇었다.

"적이 겁을 먹었다! 몰아쳐!"

미카즈치의 호령과 동시에 모두 공격에 나섰고, 사이클롭스의 HP를 빠르게 깎아나갔다.

나도 아츠를 차례차례 사이클롭스에게 날리며 정신없고 짜증 나는 상황에서 쌓여 있었던 스트레스를 단숨에 풀어버리는 듯한 쾌감을 느꼈다.

몸집도 크고, 모션에도 빈틈이 많은 그 강대한 적 MOB. 하지만 그 총력전은 약간의 고양감 또한 주었다.

그렇게 적이 겁을 먹은 사이에도 마차가 천천히나마 사이클롭스와 거리를 벌렸고, 미궁 거리로 다가갔다.

"이대로 쓰러뜨릴 수 있지 않을까?"

그렇게 어설픈 생각이 내 머릿속을 스친 직후, 사이클롭스가 포효하며 일어섰다.

『———구오오오오오오오오오오오오오오오!』

온 힘을 다한 포효가 모든 방향으로 충격파를 날렸다. 사이클롭스는 마법이 사라지며 발목의 구속이 풀리자 후속타를 날리던 타쿠 일행을 날려버리고는 땅에 구르게 만들었다.

"다들 괜찮아?! ──《라운드 힐》!"

미니츠가 범위 회복 마법을 사용했고, 날아간 모두가 일어서는 사이 공포에서 회복한 사이클롭스 또한 일어서고 있었다.

『──그르르르르르르르르르르르르르르르르르!』

사이클롭스는 약점인 외눈을 감고는 짐승처럼 으르렁거리며 움직임을 멈췄다.

"지금이다! ──《강궁기 · 산 무너뜨리기》!"

겨우 움직임이 멈춘 순간을 놓칠 순 없었기에 나는 텅 빈 몸통을 향해 온 힘을 다해 일격을 날렸다.

『──그아아아아아아아아아아아아아!』

그리고 사이클롭스가 눈을 크게 뜬 것과 동시에 외눈에 빛이 깃들었고, 광선이 뿜어져 나왔다.

그 광선이 내가 날린 화살을 공중에서 태우고는 곧바로 우리 머리 위를 지나 마차로 날아갔다.

"──앗?! 이런!"

외눈박이 거인을 쓰러뜨리는 데만 정신이 팔려서 호위 대상인 마차를 지키는 것을 잊고 있었다.

우리가 날아간 광선을 눈으로 쫓으며 돌아보자 마차 위에서 세이 누나가 지팡이를 겨누고 있었다.

"──《아이스 월》! 다중 전개!"

세이 누나는 마차와 사이클롭스 사이에 수많은 얼음벽들

을 만들어냈다.

광선을 맞은 얼음벽은 단숨에 증발하고 구멍이 뚫려 관통되었지만, 다음 얼음벽이 막아내고, 그다음 얼음벽이 막아서는 상황이 반복되었다.

반복될 때마다 사이클롭스의 광선이 얼음벽의 굴절로 인해 난반사되어 약해지더니 서서히 각도가 바뀌어 표적에서 빗나가게 되었다.

그 결과———, 세이 누나의 얼음벽으로도 전부 막아내지는 못했지만, 약한 광선이 마차의 측면을 스쳐서 그을림을 만드는 데 그쳤다.

"허억, 허억……, 위험했어."

"하하, 큰일 날 뻔했네……, 나이스다! 세이!"

세이 누나가 어깨를 들썩이며 숨을 쉬었고, 미카즈치가 헛웃음을 지으며 세이 누나의 방어를 칭찬했다.

그런 한편, 모두가 사이클롭스의 외눈에서 뿜어져 나온 광선을 보고는 질린 듯한 표정을 지었다.

우리 모두가 덤비면 사이클롭스를 이길 수 있을 거라 생각했다.

[소생약]이 있기에 부활할 수 있는 우리라면 사이클롭스에게 패배하지 않을 거라는 안심이 있었다.

그러나 외눈 광선의 조준과 파괴력을 보고, 진정한 의미의 패배———, 호위 대상인 마차의 파괴를 떠올리고 만 것이다.

그리고 사이클롭스는 다시 한 발짝, 한 발짝, 마차 쪽으로 다가가고 있다.

　마차를 지키는 걸 우선시해야 할까, 아니면 이대로 사이클롭스에게 공격을 퍼부어서 쓰러뜨려야 할까.

　모두의 마음속에서 다양한 생각이 소용돌이쳤지만, 그런 상황에서도 다가오는 사이클롭스를 방해해야만 했다.

　하지만 좀 전까지 신이 나서 덤벼들던 타쿠 일행의 공격은 외눈 광선을 경계해 소극적으로 변해 버렸다.

　사이클롭스의 붙잡기 공격이나 돌 곤봉 말고도 걸어가면서 걷어차는 공격이나 발을 내디딜 때 발생하는 충격 등을 멀찍이 피하고 공격의 예비 동작을 관찰하며 소극적인 방해를 해나갔다.

　『────구오오오오오오오오오오오오오!』

　뤼이를 탄 나도 마차와 사이클롭스 사이에서 일정한 거리를 유지하고 화살을 날리며 사이클롭스의 상태를 관찰하고, 쓸 수 있는 수단을 썼다.

　좀 전과 마찬가지로 진흙탕을 만들어내고 발치를 얼려서 한 발짝을 둔하게 만들었지만, 몸통과 머리를 노린 마법은 돌 곤봉 휘두르기 한 번에 사라져버렸다.

　"겁을 먹게 만들려면 강한 공격을 해야 하는데……."

　사이클롭스의 방어를 무너뜨리고 외눈에 공격을 가할 수 있을 만한 빈틈을 만들려면 강력한 스킬이나 아츠가 필요하다.

하지만 강력한 스킬일수록 사용한 뒤의 경직 시간이 길고, 그 사이에 다시 외눈 광선을 뿜어낸다면 제때 방어하지 못하고 마차에 제대로 맞을 가능성이 있다.

모두가 최악의 상황을 피하기 위해 소극적으로 방어를 계속하며 마차와 사이클롭스와의 거리를 유지하려 했다.

그리고 그런 둔해진 우리를 일축하듯, 갑자기 전투의 흐름이 크게 바뀌었다.

"푸하하하하핫———, 기다리게 한 모양이로군!"

부우우우우우우웅———, 간헐적인 바람 소리가 사이클롭스 뒤쪽에서 다가왔고, 지금 상황과는 어울리지 않는 큰 웃음소리가 울려 퍼졌다.

"클로찌, 다들!"

황야에 모래 먼지를 피우며 폭주하는 모습과 바람 소리에도 묻히지 않는 큰 목소리. 누가 돌아왔는지 명백했기에 미소가 번졌다.

호위 퀘스트 도중에 뒤처졌던 간츠와 여러 사람들이, 마찬가지로 뒤처진 클로드가 지니고 있던 호버 크래프트를 통해 여기로 돌아온 모양이었다.

그리고 흐름의 변화에 편승한 세이 누나가 마차 위에서 소리쳤다.

"우리는 마차의 방어에 전념할게! 그러니까 다들 마음대로 해치워버려!"

지금까지 우리는 사이클롭스를 계속 방해하면서 세이 누

나 일행의 마법에 의존하는 경향이 있었다.

하지만 전력이 돌아왔기 때문에 아무런 신경도 쓰지 않고 사이클롭스에게 도전할 수 있게 되었다.

"이대로 돌진한다! 충격에 대비해!"

"대비하라고 해도 말이지, 엉망진창이잖아!"

"뭐, 될 대로 되겠지……."

분위기를 눈치챈 클로드가 터무니없는 짓을 벌이려 하자 랑그레이의 비명과 오토나시의 낙천적인 말이 들렸다.

마차만 보고 있던 사이클롭스를 향해 전속력으로 접근한 호버 크래프트가 그대로 오금에 몸통 박치기를 가했다.

『──구, 구오오오오?!』

사이클롭스는 무릎이 풀썩 꺾이자 앞쪽으로 무릎을 꿇었고, 간츠와 토우토비가 그 등을 타고 올라가 급소를 노렸다.

"좋았어, 이대로 쓰러져버려라! ──《자전 떨구기》!"

"……거기군요. ──《하트 피어서》!"

간츠는 정수리까지 올라가 보랏빛 번개를 두른 발뒤꿈치 내려찍기를 뿔의 뿌리 근처에 내려쳤고, 토우토비는 등 쪽에서 심장 위치에 일격을 날렸다.

『──구오오오오오오오오오오오오오오!』

예상치 못한 방향에서 날아든 공격으로 인해 무릎을 꿇은 사이클롭스는 분노의 포효를 내지르며 등쪽에 있는 두 사람을 붙잡으려고 손을 뻗었지만, 그 두 사람은 이미 그곳에서 물러난 뒤였다.

"좀 전에는 잘도 마차를 노렸겠다! ──《강궁기ᆞ산 무너뜨리기》!"

돌 곤봉을 든 오른손은 땅바닥을 짚고, 맨손인 왼손은 간츠와 토우토비를 잡으려고 뒤쪽으로 돌려서 약점인 외눈을 가릴 것이 없었다.

두 번째 기회가 오자 나는 온 힘을 다해 아츠를 날렸고, 그 화살이 사이클롭스의 눈에 꽂혔다.

『──구오오오오오오오오오오오오오!』

"가자아! ──《나인소드 슬래시》!"

"하아아앗──,《파워 버스터》!"

두 번째 급소 공격에 사이클롭스가 다시 겁을 먹었고, 뮤우와 타쿠 일행이 차례차례 강력한 아츠를 날리기 시작했다.

"자, 거인 퇴치는 예전부터 몸을 묶는 게 상식이었지!"

"걸리버 모험기에 나오는 난쟁이 같은 기분인가!"

"만들어두길 잘했지. 아다만타이트제 긴 사슬…….'"

오금에 몸통 박치기를 가한 호버 크래프트가 다시 움직이기 시작했다.

그 뒤쪽에는 길고 두꺼운 사슬이 뻗어 있었고, 한쪽 끝은 땅바닥에 쐐기와 함께 박혀 있었다.

그리고 달리기 시작한 호버 크래프트가 무릎을 꿇은 사이클롭스 주위를 달리자 긴 사슬이 잘그락거리며 거인의 몸을 휘감고는 구속했다.

두 팔은 사슬로 묶었고, 공포에서 회복된 순간에 충격파를 뿜어낼 것을 대비해서 모두가 대피했다. 묶은 사슬은 삐걱대는 소리를 냈지만, 몸에 확실하게 감겨서 풀리지 않았다.

그리고 두 팔이 묶여 있기 때문에———.

"한 번 더! ———《강궁기 · 산 무너뜨리기》!"

방어의 핵심인 두 팔이 사슬로 구속된 사이클롭스가 공포 상태에서 회복해 외눈을 뜬 순간, 다시 아츠의 일격이 박혔다.

『———구오오오오오오오오오오오오오!』

그리고 세 번째 공포 상태가 되자 모두가 공격을 가했다.

사슬로 구속시키는 방법은 여러 번 쓸 수 없을 테고, 다음에 공포에서 회복했을 때는 분명 부서져 버릴 것이다.

하지만 그 전에 타쿠 일행이 단숨에 공격을 가해서 사이클롭스의 HP를 0으로 만들었다.

"……휴우, 끝났네."

드디어 안심했지만, 일반적인 MOB이라면 금방 빛의 입자가 되어 사라져야 할 사이클롭스의 몸은 황야에 쓰러진 채 사라지지 않았다.

"설마, 퀘스트용 보스 MOB이라 아직 뭔가 이벤트라도 있는 건가?"

우리는 의아해하면서 사이클롭스의 몸을 경계했고, 다음 순간 [간파] 센스가 강한 반응을 보였다. 사이클롭스의 눈이 번쩍 뜨인 다음, 빛을 뿜어내기 시작했다.

"아, 왠지 위험……, 『———구오오오오오오오오오오

오오오!』

내 중얼거림을 묻어버리고, 사이클롭스가 최후의 포효를 내지르며 빛나는 외눈으로 수많은 광선을 뿜어냈다.

사방팔방으로 뻗어 나간 광선이 통과한 곳이 차례차례 폭발을 일으켰다.

지근거리에서 공격하던 타쿠 일행이 피할 틈도 없이 광선을 맞고 폭발에 휘말렸다. 나와 마차 쪽으로도 광선이 다가왔다.

"윽?! ──《송환》?!"

강한 아츠를 날린 직후라 경직된 상태였고, MP도 거의 남지 않았기에 뤼이의 환술로 긴급회피조차 할 수 없었다.

재빨리 뤼이만이라도 소환석으로 되돌린 나는 다가오는 광선을 그대로 맞고 몇 박자 뒤에 일어난 폭발에 휩싸였다.

# 종장   최후의 수단과 교역상의 보물상자

사이클롭스가 최후에 뿜어낸 광선과 폭파에 제대로 맞은 나는 새까만 시야 속에서 [소생약]의 사용을 선택하고 일어 났다.

"정말, 마지막 순간에 그런 공격을 하는 게 말이 되냐고. ……앗."

머리를 마구 긁으려다가 사막 에어리어부터 장착하고 있던 차광 고글이 부서졌다는 걸 눈치챘다.

그 밖에도 방어구인 오커 크리에이터나 그 위에 걸치고 있던 망토인 [몽환의 주민]이 군데군데 찢어진 걸 보니 마지막 일격으로 인해 내구도가 꽤 많이 깎여나간 모양이었다.

다행히 오커 크리에이터 쪽은 [자동 수복] 추가 효과가 있기 때문에 점점 회복되고 있긴 하지만, [몽환의 주민]은 클로드의 가게에 수리를 맡기는 게 나을지도 모르겠다.

"타쿠나 세이 누나네는 괜찮으려나?"

메가 포션을 먹으며 주위를 둘러보니 나와 마찬가지로 최후의 일격을 맞고 황야에 쓰러진 타쿠 일행도 소생약으로 일어났다.

모두 나와 마찬가지로 만신창이인 상태였고, 클로드가 조종하던 호버 크래프트도 광선과 폭발로 인해 대파된 상태였다.

"설마 파이널 어택을 지닌 녀석일 줄이야. 다들 사이좋게 길동무가 되어버렸어."

"웃을 일이 아니라고. 나는 검 한 자루가 부러져 버렸단 말이야. 에휴, 마기 씨에게 수리를 부탁하면 얼마나 들지……, 퀘스트 보수가 짭짤하지 않으면 무조건 적자라고, 이거."

사이클롭스의 시끌벅적한 길동무 공격에 대해 말하며 유쾌하게 웃는 미카즈치와는 달리 타쿠는 신기하게도 울상을 지으며 어깨를 늘어뜨리고는 이쪽으로 다가왔다.

미카즈치가 말한 파이널 어택이란 속된 말로 '단말마'나 '최후의 수단'이라 불리는 공격이다.

적 MOB에 따라서는 쓰러진 적 MOB의 몸이 잠깐 남아있다가 폭발해서 대미지를 입히거나, 나머지 다른 적 MOB에게 버프를 걸어서 강화시키기도 한다.

이번 사이클롭스 같은 경우, 플레이어 전원에게 즉사급 대미지를 입히는 공격이었을 것이다.

하지만 반사신경이 좋은 뮤우나 리쿠르를 타고 있던 마기 씨, [잠복] 센스의 《섀도우 다이브》를 통해 긴급회피한 토우토비가 광선을 피한 걸 보니 회피가 불가능한 공격은 아니었던 것 같다.

"그러고 보니 세이 누나네는……."

내가 [미궁 거리] 쪽을 돌아보며 세이 누나 일행이 타고 있던 마차를 찾아보니 마차가 멈춰 서서 우리가 합류하기를 기다리고 있었다.

"다들 고생했어! 최후의 일격은 어떻게든 막아냈고! 이제 습격은 끝난 모양이야!"

멈춘 마차 위에서 들린 세이 누나의 목소리 덕분에 안도의 미소를 흘린 우리는 마차와 합류했다.

사이클롭스의 막판 꽝으로 인해 방어구는 너덜너덜해졌고, 오랫동안 호위 퀘스트를 하느라 정신적으로도 슬슬 한계에 가까웠다.

"그건 그렇고 마차에 공격을 꽤 당해버렸네……."

측면을 쓰다듬어 보니 처음에는 깔끔했던 마차도 몇 번이나 공격당한 결과, 흠집이 나고 그을린 상태였다.

"퀘스트, 재미있었지! 특히 마지막이 즐거웠어! 또 다 같이 하자!"

"퀘스트를 받을 때마다 장비가 망가지면 적자가 심할 텐데요."

"이번에는 어쩌다 보니 사이클롭스를 쓰러뜨려 버렸지만, 방해만 하고 도망치는 게 더 나았을지도 모르지."

뮤우의 말에 루카토가 곤란하다는 듯이 쓴소리를 했고, 히노가 감정을 담아 중얼거렸다.

호위 퀘스트의 제1웨이브부터 제5웨이브까지는 적 MOB에게서 도망만 쳐왔기에 마지막에는 지금까지의 퀘스트의 정석을 답습하면서도 쌓였던 스트레스를 발산하기 쉬운 적 MOB을 준비해둔 모양이었다.

플레이이에게 지금까지처럼 시산을 벌고 도망친다는 선

택지 말고도 마차가 도망치기 전에 쓰러뜨린다는 선택지가 주어진 이유다.

하지만 보너스 MOB이 아니라, 강한 위력을 지닌 광선이나 파이널 어택 등 퀘스트를 실패하게 만들 수 있는 요소를 제대로 갖추고 있었으니 만만한 상대가 아니었다.

"사이클롭스를 쓰러뜨리면 퀘스트가 금방 끝나긴 하지만, 최후의 일격이 날아와 버리지. 방해해서 도망치는 게 마차 쪽은 더 안전할 거야."

최후의 순간에 외눈으로 날린 광선이 마차에 제대로 맞았다면 퀘스트가 실패했을지도 모른다.

그렇게 생각하면 리스크는 적은 게 나을 것 같다.

그런 히노의 생각을 맞장구를 치며 듣는데 마기 씨가 끼어들었다.

"그래도 그냥 리스크만 큰 건 아닌 모양이야. 사이클롭스를 토벌해서 드롭 아이템을 손에 넣었거든."

새끼 짐승으로 변한 리쿠르를 품에 안은 마기 씨가 기쁜 기색으로 메뉴를 확인하고 있었다.

"어, 앗, 정말이네! 사이클롭스가 아이템을 드롭했어!"

우리도 메뉴를 확인해보니 유니크 장비가 드롭되었다.

[굉뢰의 금장], [격류의 삼지창], [야밤의 은폐 투구], 세 개 중 하나를 손에 넣을 수 있는 것 같았다.

"나는 [야밤의 은폐 투구]야. 하지만 세 개 모두 안 쓸 것 같은데."

"나도 은폐 투구가 나왔어! 음~, 새까만 머리 방어구라……, 귀엽지 않아."

나와 뮤우는 같은 유니크 장비를 손에 넣었지만, 센스 구성이나 전투 스타일, 장비의 취향 때문에 거의 쓰지 않는 콜렉션용 아이템이 될 것 같았다.

그런 한편, 무기로 창도 쓰는 히노는 원하는 장비였기 때문에———.

"나는 금장이 나왔어! 그런데 삼지창도 욕심난단 말이지. 누구 [격류의 삼지창]을 교환해 주거나 팔아줄 사람 없어?"

"……아직 퀘스트 보수를 받지도 않았으니까 허둥대지 않아도 괜찮아요."

히노는 토우토비가 달래자 교환 상대를 찾던 걸 멈췄지만, 유니크 장비가 욕심나는지 안절부절못하고 있었다.

"그건 그렇고 사이클롭스의 드롭 아이템이 번개하고 삼지창, 은폐 투구란 말이지."

"응? 클로드는 드롭 아이템에서 뭔가 짐작되는 거라도 있어?"

내가 물어보자 클로드가 은폐 투구를 관찰하며 대답해 주었다.

"그리스 신화의 사이클롭스는 제우스에게 거센 번개를, 포세이돈에게 삼지창을, 하데스에게 모습을 감추는 투구를 헌상했다는 일화가 있지."

제우스의 번개 형태에도 여러 가지 설이 있는데, 그것들을 모티브로 삼은 무기일 거라고 클로드가 말했다. 나를 포함해서 이야기를 듣고 있던 사람들이 감탄하며 목소리를 냈다.

그렇게 이야기를 하며 나아가다 보니 [미궁 거리]에 도착할 수 있었다.

"여러분, 고생 많으셨습니다. 호위를 맡아주셔서 감사합니다."

통통한 교역상 NPC가 마차를 멈추고 우리를 돌아보았다.

"드디어 퀘스트 보수를 받을 시간이로군. 뭘 받을 수 있으려나."

보수를 기대하며 얼굴을 실룩이는 미카즈치가 대표로 이야기를 진행해 나갔다.

"우선 기본 보수로 호위비를 지불하겠습니다. 보수는 여러분께서 나누어 주십시오."

메뉴에서 지급된 퀘스트 보수를 확인하자──158만G. 한 번의 퀘스트치고는 꽤 거금이지만, 어중간한 액수를 받았다.

"158만G라. 그런데 왜 이 금액이지?"

"아마 퀘스트 보수를 참가 인원수에 따라 나누는 형식이었던 것 아닐까?"

보수인 158만에 퀘스트 참가자 19명을 곱하면 3,002만G가 된다.

아마 원래 보수는 3,000만G지만 인원수대로 나눴을 때

끝자릿수를 맞춰주기 위해 그런 금액이 된 것 아닐까.

그리고 주 보수인 퀘스트 아이템을 받게 되었다.

"제가 마련할 수 있는 건 호위 도중에 팔지 못하게 된 물건을 양도해드리는 정도입니다. 마차에 피해가 적었다면 좀 더 괜찮은 물건을 드리고 싶었습니다만…….''

미안하다는 듯이 그렇게 말하는 교역상 NPC를 보고 타쿠가 분하다는 듯 중얼거렸다.

"그러니까, 마차에 입은 대미지가 적었다면 보수의 질이 올라갔을 거라는 뜻이구나. 아, 분하네! 다시 하고 싶어!"

"이봐, 이봐, 게임 외적인 발언을 하지 말라고."

무심코 태클을 걸어버렸다.

하지만 분명 도적 NPC의 투석이나 사이클롭스가 외눈으로 날린 광선이 마차에 스쳐서 대미지를 입었었지.

만약 마차를 완벽하게 지켜냈다면 뭘 얻었을지 상상하면서 보수를 받았다.

"보수는 백금제 액세서리구나. 타쿠는 어때?"

"나도 마찬가지라고 해야 하나, 다들 똑같은 걸 받지 않았을까?"

**백금 앵크 크로스 [장식품] (중량 : 3)**

**HP+5%, DEF+20, MIND+15, 추가 효과 : 강화 효과 상승(중)**

종류가 각각 다른, 소재가 백금으로 통일된 액세서리들.

장비 스테이터스는 딱히 특별하지 않지만 추가 효과는 1~2 개가 부여되어 있었다. 정해진 범위 내에서 무작위로 생성되는 NPC제 액세서리인 것 같았다.

"수수하지만 기쁘긴 하네. 어떻게 쓸까……."

추가 효과인 [강화 효과 상승]은 아이템이나 스킬 등의 버프 효과를 올려주는 것 같았다.

자신의 버프 효과만을 올려주기에 내 인챈트나 강화 환약 같은 아이템 효과와도 상성이 좋은 보수 아닐까.

"역시 메인 액세서리로 효과를 옮길까. 아니면 새 액세서리를 장착할까."

유니크 장비가 아니라 NPC제 범용 액세서리이기 때문에 [교체 소형 망치]로 추가 효과를 옮길 수가 있다.

그래서 요즘은 NPC제 장비도 유용한 효과가 있는 경우에는 그 가치가 대폭 오른 상황이다.

그리고 추가 효과를 옮긴 소체 액세서리도 화로에 녹이면 백금 주괴가 되고, 신체 계열 상태이상 내성을 강화해주는 성질이 있기에 신체 내성 계열 액세서리로 다시 만들 수도 있다.

하지만 약 160만G와 범용 액세서리 하나만으로는 걸린 시간에 비해 보수가 약간 짠 것 같기도 했다.

"그리고 마지막으로 한 가지 더———."

우리가 퀘스트 보수로 얻은 백금 액세서리를 서로 보여주고 성능을 평가하거나 원하는 추가 효과가 달린 액세서리로

교환하고, 시세에 대해 대충 이야기를 나누는 사이. 교역상
NPC의 이야기가 계속 이어져 모두가 주목했다.

"제 고용주인 오아시스의 여왕 폐하께서는 강자들을 원하
고 계십니다. 만약 유망한 자를 발견한다면 오아시스 궁전
의 초대장을 주라고 하셨습니다. 궁전에 용건이 있으실 때
는 써주십시오."

그렇게 말하며 마지막 퀘스트 보수로 [오아시스 궁전의
초대장]이라는 중요 아이템을 주었다.

"그렇구나, 오아시스 궁전으로 들어가는 데 필요한 초대
장을 받을 수 있는 건가?"

입구가 닫혀 있어서 근처에서 올려다볼 수밖에 없었던 궁
전을 떠올렸다.

호위 퀘스트의 보수는 약간 짠 것처럼 느껴졌지만, 오아
시스 궁전에는 그것을 뒤엎을 만한 무언가가 있을 것 같다
는 기대가 생겼다.

만약 아무것도 없다 하더라도 뜻밖의 형태로 사막 에어리
어의 탐색 범위가 넓어졌고, 올려다보기만 했던 궁전에 들
어갈 수 있게 된 것이 기쁘다.

"그럼, 여러분, 저는 한동안 이 마을에서 교역품을 판 다
음에 오아시스로 돌아갈 겁니다. 다음 달에라도 인연이 있
다면 또 뵙죠."

"이 호위 퀘스트는 월간 퀘스트였나……, 아, 완벽하게 퀘
스트를 날성하면 뭘 얻을 수 있을지 기대되는데."

미카즈치는 보수로 받은 액세서리를 손으로 만지작거리며 떠나가는 교역상을 바라보다가, 뒷모습이 사라지자 우리의 얼굴을 둘러보았다.

"이대로 기세를 살려서 오아시스의 궁전으로 가고 싶긴하지만……, 이제 시간이 되었나."

호버 크래프트를 선보이고 포탈을 순회한 다음에 잠깐 휴식을 거쳐서 오랜 시간이 걸린 호위 퀘스트를 마친 뒤다.

나도 슬슬 로그아웃해서 저녁 식사 준비를 해야만 한다.

약간 아쉬움을 느끼면서도 우리는 해산해서 로그아웃했다.

●

호위 퀘스트를 마친 다음 날———, OSO에 로그인한 나는 [아트리엘]의 우드덱에 늘어서 있는 선명한 노란색 꽃을 올려다보고 있었다.

"드디어 피었구나……."

"시간이 조금 더 지나면 꽃이 말라서 씨를 수확할 수 있게될 거예요."

해바라기와 비슷하게 생긴 커다란 꽃———, 선플라워를올려다본 내게 쿄코 씨가 그렇게 대답했다.

씨를 채집하면 일부는 [소생약 개량형]용 소재로 가공하고, 나머지는 다음 재배용으로 심자. 그런 계획을 짜고 있자니 허리춤을 찔렸다.

"어엇?! 뤼이구나, 너무 갑작스러워서 깜짝 놀랐네."

돌아보니 새끼 상태인 뤼이가 솔을 입에 물고 이마에 난 뿔로 꾹꾹 밀어대고 있었다.

"뤼이, 아파, 아프다니까! 솔질을 해달라는 건 알겠어."

뤼이는 알면 됐다는 듯이 한 발짝 물러난 뒤에 물고 있던 솔을 건넸다.

그 뒤에는 기대가 담긴 눈초리로 올려다보는 자쿠로까지.

"자쿠로도 솔질을 해줬으면 하는 거구나. 차례대로 해야지."

우선 뤼이부터 털을 다듬어 주었다.

사막을 횡단하거나 정신없이 호위 퀘스트를 진행한 보답을 하듯 꼼꼼하게 솔질을 해주자 뤼이가 기분 좋은 듯이 눈을 가늘게 떴다.

솔질을 충분히 즐긴 뤼이는 화분에 피어난 선플라워 꽃……, 아니, 꽃 중심의 씨앗이 되는 부분을 빤히 바라보았다.

그러고 보니 씨는 먹을 수 있으니까 식용으로 조금 챙겨두는 게 나을지도 모르겠네. 그런 생각을 하며 의자에 앉은 다음, 내 무릎으로 올라온 자쿠로에게도 솔질을 해주었다.

"뀨우~."

"자쿠로, 여기가 기분 좋아?"

느긋하게 자쿠로의 몸을 솔질해주다 보니 문득 내 사역 MOB이 된 장난꾸러기 요정 플랜이 신경 쓰였다.

뤼이니 자쿠로처럼 같이 신경 씨달라며 띠들이댈 줄 알았는데, 나타나지 않아서 느긋한 시간이 지나갔다.

"그러고 보니 플랜은 뭐 하고 있을까?"

내가 그렇게 중얼거리자 옆에서 밭에 물을 주고 있던 쿄코 씨가 가르쳐 주었다.

"플랜 씨라면 저쪽에서 꽃의 수분을 도와주고 있는데요."

시험적으로 설치한 양봉 상자 위에 장난꾸러기 요정 플랜이 앉아 있었다.

플랜이 손가락 끝을 휘두르면, 양봉 상자에 있던 꿀벌들이 꽃들 사이를 날며 수분을 돕고 꽃가루를 수집했다.

"저렇게 꿀벌들에게 지시를 내려서 꽃의 수분을 도와주고 있죠."

"호오, 그랬구나."

게임적 관점으로 따지면 꿀벌에게 지시를 내림으로써 재배 계열 아이템이나 양봉 상자의 아이템 회수량 상승 같은 효과가 생길지도 모르겠다.

딱히 명령한 것도 아닌데 스스로 신이 나서 그렇게 하고 있는 플랜.

나를 눈치챈 플랜이 자그마한 손을 흔들었기에 솔질을 멈추고 나도 손을 흔들었다. 그러자 플랜이 방긋방긋 기쁜 듯이 웃으며 걸터앉은 양봉 상자 위에서 다리를 흔들었다.

기세가 넘쳤는지 플랜은 곧장 양봉 상자를 발뒤꿈치로 세게 차버렸다. 화가 난 꿀벌들에게 쫓겨다니는 플랜을 보고 미안하긴 하지만 쿡쿡 웃어버렸다.

"이봐~, 윤 있어?"

그렇게 느긋한 시간을 보내고 있자니 [아트리옐] 점포 쪽에서 타쿠의 목소리가 울렸다.

"타쿠, 이쪽에 있어~!"

우드덱에서 말을 걸자 타쿠가 왔다.

그 뒤에는 간츠 등 평소의 멤버들이 모여 있었고, 이쪽을 향해 살짝 고개를 숙이거나 손을 흔들면서 인사했다.

"오? 이게 선플라워구나! 예쁜 해바라기가 피었네!"

"그래서, 무슨 볼일인데?"

화분에 키운 선플라워를 올려다보던 타쿠에게 묻자 그제야 용건을 떠올렸다.

"지금 제2마을의 주변 에어리어를 탐색하러 갈 건데, 윤도 같이 갈래?"

"응? 제2마을 주변? 타쿠의 적정 레벨은 아니잖아. 뭔가 새로운 퀘스트라도 발견한 거야?"

"아니, 목적은 딱히 없어. 그냥, 시치후쿠네가 1주년 업데이트 이후에 외딴섬 에어리어에서 [선플라워]를 발견했잖아? 그래서 기존 에어리어에도 새롭게 추가된 게 있지 않을까 찾으러 가는 거지."

납득은 갔다. 하지만 초대해준 타쿠에게는 미안해도 거절하기로 했다.

"미안해. 흥미가 좀 있긴 한데, [아트리옐]에서 해야 할 일이 잔뜩 있거든."

사막 에어리어에서 손에 넣은 다양한 소재를 처리해야만
한다.

오아시스에 흐르는 강에서 발견한 백금 자갈을 주괴로 만
드는 작업과 [신비의 흑광유]의 사용처 모색, 사막 에어리
어에서 손에 넣은 보석 원석의 연마와 구분, 사막과 피라미
드에서 쓰러뜨린 적 MOB의 드롭 아이템 정리, 망가진 차
광 고글의 수리 등────.

오히려 생산직으로서는 지금부터가 진짜 시작이다.

"그렇구나. 뭐, 아쉽긴 하지만, 생산직 일도 열심히 해. 우
리도 뭔가 새로운 소재를 발견하면 여기로 가지고 올게."

"그래, 기대할게."

그렇게 타쿠 일행을 보내고, 이야기하는 동안에도 계속되
던 자쿠로의 솔질을 마쳤다.

내 무릎에서 뛰어내린 자쿠로는 뤼이와 함께 마음에 들어
하는 도등화 나무 아래에 누웠고, 거기에 꿀벌에게 쫓기던
장난꾸러기 요정 플랜도 끼어서 낮잠을 자기 시작했다.

보고 있기만 해도 행복한 기분이 드는 광경. 나도 나무 그
늘에서 낮잠을 자면 얼마나 기분이 좋을까, 하고 생각했다.

하지만 좀 전에 타쿠에게 열심히 하라는 말을 들어버렸으
니 열심히 해야만 한다.

"좋아, 오늘은 [아트리엘]에 틀어박혀서 이것저것 조사해
볼까……."

내 볼을 살짝 때리며 기합을 넣은 나음, [아트리엘]의 공

방으로 향했다.

　그래도 숨을 돌릴 때는 뤼이와 자쿠로를 어루만지며 치유받는 것 정도는 괜찮겠지. 그걸 상상하며 의욕을 내고는 소재를 연구하기 시작했다.

─────스테이터스─────

NAME : 윤

무기 : 검은 소녀의 장궁, 볼프 사령관의 장궁

보조무기 : 마기 씨의 식칼, 고기 써는 식칼 중흑, 해체식칼 창무

방어구 : CS No.6 오커 크리에이터 (하복, 동복, 수영복)

액세서리 장비 한계 용량 (3/10)

· 페어리 링 (1)

· 대신하는 보옥의 반지 (1)

· 사수의 골무 (1)

예비 액세서리 일람

· 몽환의 주민 (3)

· 원예지륜구 (1)

· 도어부의 철륜 (1)

· 워커 고글 (2)

소지 SP 56

[마궁 Lv42] [하늘의 눈 Lv45] [간파 Lv51] [강력 Lv20]

[준족 Lv42] [마도 Lv47] [대지속성 재능 Lv35] [조교사 Lv23]

[요리인 Lv28] [부가술사 Lv25] [염동 Lv20]

[급소의 소양 Lv20] [열기 내성 Lv7]

대기

[활 Lv55] [장궁 Lv46] [조약사 Lv40] [장식사 Lv13]

[연성 Lv20] [수영 Lv26] [언어학 Lv29] [등산 Lv21]

[생산직의 소양 Lv41] [잠복 Lv13] [신체내성 Lv5]

[정신내성 Lv15] [선제의 소양 Lv21] [낚시 Lv10] [재배 Lv24]

[한기 내성 Lv1]


· 장난꾸러기 요정이 플랜이라는 이름을 얻고 [아트리엘]에 참
  가했다.

· 사막의 오아시스 도시와 동서남북의 포탈을 전부 등록했다.

· 사막의 피라미드 안쪽에서 벽화의 비밀 중 일부를 접했다.

· 소생약의 제한 해제 소재 [선플라워 씨]를 손에 넣고 재배에 성
  공했다.

· 교역상 NPC로부터 [오아시스 궁전의 소개장]을 받았다.

# 후기

처음 뵙는 분, 오랜만에 뵙는 분, 안녕하세요. 아로하자초입니다.

이 책을 구입해주신 분, 담당 편집자 O씨, 작품에 멋진 일러스트를 마련해주신 mmu님, 그리고 출판 이전부터 인터넷에서 제 작품을 봐주신 분들께 진심으로 감사드립니다.

OSO 시리즈는 현재 드래곤 에이지에서 하니쿠라운 선생님의 코미컬라이즈 버전이 연재되고 있습니다. 코미컬라이즈를 통해 큐트한 코믹 버전 윤 일행의 활약이나 귀여운 모습을 볼 수 있습니다.

사막 에어리어를 주제로 다룬 OSO 20권은 즐겁게 봐주셨을까요.

이번 권은 지금까지 중에서 제일 집필이 힘들었던 것 같습니다.

처음에는 사막 에어리어를 주제로 상하권으로 나누는 플롯을 짰지만, 막상 집필하기 시작하니 뭔가 아니라는 느낌이 들어서 담당 편집자인 O씨와 몇 번이나 의논하고 플롯을 수정했습니다.

몇 번이나 헤맨 결과, 상하권 예정이었던 작품은 단권이되었습니다.

20권이라는 상징적인 시점에서는 방문한 에어리어를 전부 묘사하는 게 아니라 독자 여러분께서도 해보고 싶다, 가보고 싶다고 생각할 만한 여운을 남기며 끝내는 게 OSO다운 거라는 생각이 들었습니다.

그런 과정에서 몇 번이나 납득이 되지 않는 전개를 다시 쓰는 것을 반복했고, 그럴 때마다 쓸데없는 시간을 투자하게 되었습니다.

잘라낸 내용도 사막 에어리어를 다룬 20권에 부적절했을 뿐, 즐거운 내용이었습니다.

다른 기회가 생기면 제가 납득이 되는 형태로 여러분께 공개할 수 있기를 바랍니다.

앞으로도 저, 아로하자초를 잘 부탁드립니다.

마지막으로 이 책을 읽어주신 독자 여러분께 다시 감사의 말씀 드립니다.

2022년 2월 아로하자초

Only Sense Online Vol.20
©Aloha Zachou, mmu, Yukisan 2021
First published in Japan in 2021 by KADOKAWA CORPORATION, Tokyo.
Korean translation rights arranged with KADOKAWA CORPORATION, Tokyo.

# 온리 센스 온라인 20

2023년 12월 15일 1판 1쇄 발행

| | |
|---|---|
| **저 자** | 아로하자초 |
| **일 러 스 트** | mmu |
| **옮 긴 이** | 천선필 |
| **발 행 인** | 유재옥 |
| **총 괄 이 사** | 조병권 |
| **출판본부장** | 박광운 |
| **담 당 편 집** | 박차우 |
| **편 집 1 팀** | 박광운 |
| **편 집 2 팀** | 정영길 조찬희 박차우 정지원 |
| **편 집 3 팀** | 오준영 이해빈 이소의 |
| **디자인랩팀** | 김보라 박민솔 |
| **디지털사업팀** | 박상섭 김지연 윤희진 |
| **라이츠사업팀** | 김정미 맹미영 이윤서 |
| **영업마케팅팀** | 최원석 박수진 박소연 |
| **물 류 팀** | 허석용 백철기 |
| **경영지원팀** | 최정연 |
| **인쇄제작처** | ㈜코리아피엔피 |
| **발 행 처** | ㈜소미미디어 |
| **등 록** | 제2015-000008호 |
| **주 소** | 서울시 마포구 토정로222, 403호 (신수동, 한국출판콘텐츠센터) |
| **판매 및 마케팅** | (070) 8822-2301 |

ISBN 979-11-384-8126-7
ISBN 979-11-5710-083-5 (세트)